Leslie talks to animals

Leslie talks to animals

Leslie talks to animals

Leslie talks to animals

Leslie talks to animals

Leslie talks to animals

Leslie talks to animals

Leslie talks to animals

Leslie talks to animals

Leslie talks to animals

温 暖 的 小 事

图书在版编目（CIP）数据

来，跟毛小孩聊天：动物沟通那些温暖的小事 / 裴惟信著. -- 广州：广东人民出版社，2017.8
ISBN 978-7-218-11341-8

Ⅰ.①来… Ⅱ.①裴… Ⅲ.①随笔—作品集—中国—当代 Ⅳ.①I267.1

中国版本图书馆CIP数据核字(2016)第266540号

原著作名：《来～跟毛小孩聊天2：最温暖的情感在日常》
原出版社：台湾启动文化
原ISBN：978-986-91660-8-9
版　　次：2015年10月初版

Lai gen mao xiao hai liao tian
来，跟毛小孩聊天
裴惟信　著

版权登记号：19-2016-215

出 版 人：肖风华
策划编辑：王湘庭
责任编辑：王湘庭
装帧设计：Magic Studio
责任技编：周杰

出版发行　广东人民出版社
地　　址：广州市大沙头四马路10号　（邮政编码：510102）
电　　话：020-83798714（总编室）
传　　真：020-83780199
网　　址：http://www.gdpph.com
印　　刷：珠海市鹏腾宇印务有限公司
开　　本：889mm*1149mm 1/32
印　　张：7.75　　　　字　数：120千字
版　　次：2017年8月第1版 2017年8月第1次印刷
定　　价：43.00元

如发现印刷质量问题，影响阅读，请与出版社（020-83795749）联系调换。
售书热线：（020）83795240

来，跟毛小孩聊天

动物沟通那些温暖的小事

Talk to animals

裴惟信 著

SPM 南方出版传媒·广东人民出版社

中国·广州

前言

我回头去翻我的第一本书《来，跟毛小孩聊天：透过沟通，我们都被疗愈了！》时，有时候会记起很多自己已遗忘的事情。

有时我忘记自己曾有过这样的想法，有时我忘记自己曾有过这样的心情。

两本书之间间隔一年多一点点，对动物沟通这份工作，我感觉蜜月期过去了，就如对其他工作，也出现了不耐烦与小烦躁。

别误会，我对毛小孩还是一如初衷地热爱，只是动物沟通师说到底还是属于服务业，而只要牵涉到服务业就牵涉到人，你们知道的，事情一旦牵涉到人，从来就不简单。

有时开始害怕，自己如果厌倦到极点，会不会就此改行？

有时开始害怕，自己玻璃心的体质，面对不愉快的挑战，能撑多久？

所以当编辑跟我提出"第二本书"这个想法时，我内心纠结了很久。该写什么？该记录什么？该留下什么在第二本书里？

我一向爱看散文类的生活笔记，那些小片段、小记忆、小故事，总让我觉得无负担，很轻松，又最能看出这些作者生活上的体悟。

那不如就写些以动物沟通为出发点，日常观察到的小事吧，我这样愉快地想着。

这一次，我想要放轻松些，好好地写，日常生活中，动物沟通带给我的喜悦与快乐，当然，还有悲伤。

　　说是当日记写也好，或者当随笔杂谈也好，这次还是有与毛小孩的沟通故事，有我和Q比的趣事，也有各种不一的生活杂谈，目的是想要从动物沟通师的角度，为各位呈现出独特的趣味世界观。

　　这本书是我一年多来动物沟通中的日常小事，是我生活的一个重要的部分，也是我放松肩膀记录的细碎片刻。

　　为了以后不会忘记自己当时的心愿，为了我内心钟爱的毛小孩们，我需要通过文字的方式，记录下自己的初心。

　　五月天怎么唱的？"最重要的小事"，这一刻，想跟你分享，动物沟通对于我来说就是生活中最重要的小事。

　　希望你阅读的时候，也能像我一样放松肩膀，心情逐渐美好起来。

 Leslie

2015.8.13

在家喝热茶享受午后雷阵雨

目录
CATALOG

PART 1
跟毛小孩聊天

PART 2

毛小孩的心思你不懂

PART 3
尴尬又温暖的职业

PART 4
我最爱的就是你

★ 特别收录：毛小孩，大明星

PART *1*

跟毛小孩聊天

啊，名字！

日本人说"言灵"，意思是语言有它的灵魂。每一句话都有其力量，祝福有之，诅咒更有之。

所以我一向很看重毛小孩的名字，因为那象征的是一个祝福与期望，而毛小孩通常也有跟它的名字相对应的个性。

例如我上一本书里提过的白猫汉考克（《海贼王》中的蛇姬），非常自恋。

例如我有个朋友的朋友养了一只柴犬，叫"废柴"，想当然，这是只不会定点大小便，不听会任何指令的柴柴（汗）。

例如这只虎斑猫，我暂时用 B 来代替它的名字，容我卖个关子，名字最后公布。

B 是我大学同学家的猫，在带它回家前，家里已经养有一只猫，叫牛牛。

B 刚来时还是只幼猫，还会跟着牛牛。后来随着照护人细心的照料，它的体积越来越庞大，而且还开始霸凌牛牛，诸如：自己的饭还没吃完就抢牛牛的饭；有事没事就霸凌牛牛，咬牛牛，追打牛牛，埋伏牛牛，把牛牛咬得哀哀叫；玩逗猫棒时把牛牛撞开，直接自己上。

搞得后来牛牛都躲在小房间，不愿出去遇到 B。

跟 B 沟通后，我问它为什么要欺负牛牛，它说："可是我很无聊啊，不咬牛牛我还能做什么？"

努力交涉后，它似乎有平静一阵子，但没多久又故态复萌。

后来牛牛跟着我朋友的妹妹住在另一个家，周末时才回家跟 B 会合。这样的生活配置才让朋友与妹妹感觉牛牛明显地放松跟快乐许多。

最后，所有的 B，请各位代入"胖虎"这个名字。

以上，名字对毛小孩的影响，希望大家有所警惕。

后记：当时我听到"胖虎"这名字后，我就说："这名字一开始就是个错啊，为什么好好的要叫胖虎？"朋友说："因为胖虎是从水沟里捞到的，当初好小好可怜好怕养不大，我妈跟我妹就打 Skype（类似微信的聊天软件）问我该叫什么名字，我问我男朋友（现在已是老公），我男朋友就说既然是虎斑猫，那就叫胖虎吧！一切就这样决定了。"她还给我做出一副大势已去无奈的样子。

方便做奴隶

很多人都觉得，会跟动物沟通，应该可以让毛小孩万事如意百依百顺，从此生活风调雨顺。

我只能说事情真的不是大家想的这么简单。正如小时候我妈叫我好好念书我也没考上台大一样，毛小孩也不是计算机，你一个指令它一个动作。

要理解的是，动物沟通是传递彼此心声，知道彼此的想法，而彼此为了共同生活，适应并调整出默契节奏，而不是一味地要求对方听你的，那样叫做动物催眠不是动物沟通。

怎么说呢，我觉得与其说动物沟通是方便毛小孩听话，不如说动物沟通是方便人类当奴才吧！

例如我们家 Q 比，它还是像以前一样外面有声音动静就要吠叫，它的理由是：这是我家啊，是他们在我家旁边乱走，有问题的是他们，为什么我要被骂！（完全本位思考非常好！）

它还是一样不亲狗不亲陌生人，只亲自己家的人，有陌生人要摸它，它还是可能咬人，它的理由是：我又不认识他，他凭什么乱碰我！

那会动物沟通，对我跟 Q 比有什么帮助？当然就是方便我做狗奴才啊！

遥想当初我学会动物沟通的时候，Q 比都是这样的：

"白色的肉（水煮鸡胸肉）！我要白色的肉！"

"你都听得懂我说话了，快点给我我要的肉啊！"

"你今天为什么这么晚才回来？我等了很久啊！"（为了赚钱给你买肉啊！）

"快点起床啦！陪我玩！而且我好饿哦。你还要睡多久啊？该起床了吧！"（我又不像你整天在家里睡。）

"尿布也太脏了吧！我都不想踏上去了，你快点去换新的啦！"

又或者也可以用以下两件日常小事来举例。

举例一：说好的食物呢?

某天晚上出门吃晚餐前，Q比一副孤儿怨的样子要我带它出门。通常这时候如果不给它一个明确的借口出门，它就会在门口一直又跳又闹地要我带它出门，不出门不罢休。

我说："我现在出门是去帮你带食物回来哦！"它才一副认命的样子在沙发上趴好。

结果回家后，我丢钥匙在桌上，一坐上沙发，它立刻像开火车一样跳到我身上，闻我嘴巴说："不是帮我带食物回来吗？食物呢？为什么只有你的嘴巴有食物的味道！"

现在是抢劫吗？我不能休息一下再准备你的晚餐吗？根本就是流氓狗！

举例二：我要尿尿！

有次 Q 比洗完澡后，我接到它后就放到推车里面，然后散步回家，不像以前还会让它在宠物咖啡厅里面跑跑跳跳一阵再回家（Q 比洗澡的地方是宠物咖啡厅附设的宠物美容院）。

才走到一半，它就在推车里跟我尖叫："我想尿尿！"

我说可是我们还没买零食（那时要准备过年的零食存粮）。

它就说："我要尿尿，我要尿尿，我要尿出来了！我要尿尿！"

我就一路飞车（带着推车走很快）走回家，然后 "我要尿尿" 这四个字它大概跟我尖叫了七七四十九遍，直到我们到家。

一到家放它出来它就直奔尿布，尿了大概有大半片。哎哟，还好没尿在车上！

而且尿完尿后，它还一直骂我，说它洗完澡都一定会直奔（我放在宠物咖啡厅的）尿布去尿尿，怎么今天不让它尿尿就放进车子里！害它很想尿却不能尿！

这样回想好像的确是，好啦，我以后会注意的。

那你干吗不在我放你进车子里的时候就说要尿尿？

以上的一堆例子，希望能够让你明白，拥有动物沟通技能，真的只是方便你做奴才而已啊！（含泪望向远方。）

嗅觉的世界

有时候毛小孩的问题行为的原因很超出想象范围。

曾有猫疯狂乱尿，原因竟是最近窗外一直飘来其他猫咪的味道，让它很气！它的说法是：很想把我的味道弄强一点，浓一点，让它们知道这里是我的！

后来照护人回想，最近家附近的确多了许多流浪猫，而且晚上常有打斗叫嚣声从窗外传进家里，也许是外面的流浪猫在争地盘改朝换代，激烈氛围也影响到家中猫咪也说不定。

也有许多狗狗出门散步有暴冲的问题，它说："想闻遍所有的味道。"闻了这里，又好怕那里没顾到，实在太忙了呀！

曾有次采访动物行为训练专家熊爸，他说："平常多带狗散步，除了消耗狗的体力外，狗狗在嗅闻时，不同的嗅觉刺激也可以大量消耗狗的精力。"当然，狗狗也因为优秀的嗅觉功能而获得许多工作，例如成为缉毒犬、检疫犬等。

也有许多猫狗跟我抱怨，水好难喝好难喝呀！非有必要它们根本不想喝水。

说到这，我想起曾有只狗叫做咪咪，它说："楼下的水比较好喝，楼上的水很难喝，我不喜欢！"当下照护人原本以为是楼下的水比较常换，楼上的水不常更换的缘故，没想到回家询问她妈妈后，妈妈大笑回答："废话，因为楼下是 RO 逆渗透水呀。它还蛮会挑的嘛！"

　　没办法，猫狗的嗅觉比我们灵敏实在太多太多了，相较于视觉是我们唯一较敏锐的感官，猫狗们认识世界还有嗅觉这个利器，认识世界除了用看的，更必须用闻的，才更真实。

　　就像去新的美景胜地旅游，我们会想尽情观赏浏览风光，但毛小孩们还想用鼻子闻这世界才觉得够透彻。

　　从这个角度延伸，我甚至想，这个地球被我们人类搞得环境糟糕至此，恐怕也跟我们嗅觉退化脱不了干系吧！如果我们的嗅觉很敏锐，我们一定无法容忍这样的水，这样的空气，也许在工业发展最开始的时候就必须喊停！

　　因为这样的水实在太臭了，喝不下去！跟过度强烈的噪音一样影响健康！

　　因为这样的空气实在太臭了，无法呼吸！多吸一口肺简直要炸掉一样难受！

　　不同的生理构造，延伸出我们的环境。如果我们的嗅觉功能再好一点，世界会不会也美好一点？我常这样想着。

有勇气跨越恐惧

我害怕的事情有很多，云霄飞车、青椒、苦瓜、蟑螂，碰到害怕的东西，我的原则是：能躲就躲，能闪就闪。有句话说：最大的敌人是自己。大概也可解读为，战胜自己的恐惧，才是真正的勇敢之类的。但遇到蟑螂我真的没有办法，我投降，我不可能跨过这一关。

对应到现实生活，有很多时候是我们无法克服恐惧，所以不断绕道而行，不停逃避该面对的事物，最后搞得一团糟，这种经验我想应该人人都有吧。

动物呢？狗呢？猫呢？它们遇到害怕的事情，是正面对决还是逃避绕道？约克夏狗 Sake 选择正面对决。

Sake 有个问题，就是非常害怕剪毛，只要看到剪刀就会极度恐惧夸张挣扎，导致它被所有的美容师退货，并放话："要帮 Sake 剪毛，除非麻醉处理。"Sake 是上年纪的狗了，为了剪毛美容麻醉，真的太得不偿失。

Sake 是约克夏，是长毛狗，身体的部分也许还可用电剪剃毛，但为了不让毛遮住视线，脸的部分还是要靠剪刀才行。说到这里，我发现好像还没提到 Sake 这么怕剪刀的原因。

Sake 小时候曾被宠物美容院的美容师不慎在美容过程中剪到舌头，所以理所当然的，这对幼小的 Sake 造成了很大的阴影。往后几年，Sake 要修毛通常得动用全家三四个人一起压制，对付一只小小狗。

后来有一次，Sake 去看兽医，刚巧这位兽医对付狗是采取"威吓"的手段，又刚巧这位兽医觉得以他的经验一定可以治好 Sake 的"恐惧剪毛症"。于是，一个威吓着要剪毛，一个发了疯地要抵抗，现场的局面就是剪刀从上方下刀，狗从下方张开嘴要咬，结果就是剪到了 Sake 的耳朵。

虽然是很小的伤口，但可想而知，这让 Sake 对剪刀的恐惧再加深了七七四十九层。

也上过课，也请教过专家，也做过减敏训练，可以说该尝试的手段统统都尝试了，但在 Sake 身上就是毫无效果。走投无路之下，照护人想试试动物沟通，期待可以减少 Sake 对剪毛的恐惧。

在尚未得知 Sake 的背景前，我询问了 Sake 对剪刀的印象。

Sake 让我感觉到"看到剪刀就发了疯一样害怕"的恐惧，很想挣脱，很恐怖。

我跟照护人形容："这样说有点极端，但现在的状况就像要说服一个被强暴过的女生交男友一样，再怎么说服她这个男生人很好，很善良，但还是无助于舒缓恐惧。"

我们现场鬼打墙了一阵子，不管我讲什么，Sake 都只有恐惧。

我一度为 Sake 感到可怜，我想着，被强迫要克服自己的恐惧，真的很辛苦。"我自己都做不到的事情，怎么能要求一只小狗？"我中间一度琼瑶戏剧性地这样想着。

可是我知道一定要试着说服 Sake，因为它年纪渐大，根本不可能为了剪毛这种小事被麻醉送美容院，而且长毛狗真的不可能不修剪，除了美观问题更有卫生感染方面的考虑。

思考了一阵，我的态度稍微强硬起来，说："那么，不给爸爸妈妈剪，就要给医生剪，或是不认识的哥哥姐姐剪，你要哪个？"

至此 Sake 沉默了，我想它理解到我语气中的无可奈何，我感受到它开始认真沉思可能性。

"因为太讨厌这件事情了，但又一定要做的话，不如给最爱的爸爸妈妈做。"Sake 给我这样的认知。

"其实剃我身体的毛，我看不见无所谓。眼睛前面的毛，可不可以给我吃很多很多肉肉，我心情很好以后，遮住我眼睛，快速地剪？这样子我就可以。"主动提出方案的 Sake 有点怯生生地说。

于是在现场，我们尝试跟宠物咖啡厅附设的宠物美容室借了宠物美容剪刀，尝试性地剪下了 Sake 的三撮毛（身体的）。Sake 照护人对此无比惊讶，因为这是前所未有的。

"以前只要要剪毛，Sake 都很害怕，我们也很紧张，根本不可能顺畅地剪下它的毛。"Sake 妈惊讶地说着，"而且我们一直以为，减敏训练就是剪一刀后，吃一口肉。我们完全没想过要先给肉。好，我们今天回家就试试看。"

回家后，照护人按照 Sake 的愿望，先吃一口鸡肉，再剪一刀，再吃一口鸡肉，再剪一刀。他们终于如愿多剪了几撮毛，还录像给我看，完全没有之前的激烈挣扎跟恐惧。我想，这就是动物沟通师最开心的时刻了，帮助毛小孩跟照护人有更美好的生活。

那一阵子，当我遇到生活中过不去或是难以面对的阻碍时，我总想起 Sake，我想着它为了家人而生出的面对剪刀的勇气。

我期许自己也有那样的勇气，来面对生活的挑战。

抓出乱"嗯嗯"的凶手

"其实我今天来没有别的愿望,我只想知道谁在我衣服上大便。"朋友 A 冷静地说。

A 是个工作努力,经营的餐饮品牌也小有规模、口碑良好的聪明人。

对比起她工作上的果断聪颖还有掌管旗下员工的气势,而今却为几只猫不知谁乱大便而深深苦恼,我不禁窃笑。

猫咪乱大便很多人会直接以为是"情绪发泄",上班晚回家,疏忽关爱,想引起注意之类的,但我觉得还是亲口问问这些毛孩子才算数。

"好了,是谁啊?"我对着五只猫的照片这样开口,其实之前是跟它们聊过的。

虎斑茶茶是家里最活泼最爱管事的,同时也是家中的公关猫,负责撒娇。

橘白猫小橘个性较强,喜欢和虎斑茶茶追着打,最近也喜欢黏着玳瑁妹妹,似乎有移情别恋的倾向。

玳瑁妹妹个性比较害羞,但脾气甚好,平常爱跟黑猫克克一起,但和橘白猫小橘、虎斑茶茶的关系都还可以,是个好相处的妹子。

黑猫克克是个脾气倔强的孩子,不算爱跟猫混,但喜欢跟人一起,撒起娇来立刻让人融化是黑猫独有的魔力。

橘猫蛋黄呢,嗯,跟猫没什么往来,偶尔打架,极度怕生慢熟,大部分时间活在自己的世界里。

照惯例，这些个性与相处细节，都是上次在 A 开口前，经过五只猫互相"吐槽"聊出来的。

"好了，到底是谁在妈妈衣服上大便？还专挑特别舒服的衣服（就是最贵的那些），搞得你妈大失血。"

一片沉默，唉，大家是说好一起开静音模式吗？好，不是没有预料到，但大家各个沉默是金，那就莫怪我一个一个拷问了。（戴上坏阿姨面具。）

"茶茶，是你吗？"第一个就拿公关猫茶茶开刀，想它亲人爱撒娇，应该是个好突破口。"我没有哦，不是我。你干吗要先问我不问别的猫？"茶茶一副我冤枉它的不依口气。

"小橘，是你吗？""我哪有，这种事情我不会做的。"小橘边回答边舔着手洗脸，完全事不关己的样子。

"妹妹，老实说，是不是就是你？""不是我啦！"妹妹用带点娇嗔的语气回答我。

"那……克克，是你吗？""……"克克一阵沉默。"克克，偷偷跟姐姐说没关系，在衣服上便便的是你吗？"我继续保持温柔的语调再接再厉。

"嗯……是我哦。"克克带点怯意地回答我。

太好了，终于有猫愿意自首，我感动到简直想放鞭炮，原以为今天这事要变成无头公案，搞得我好紧张。

"好好的，为什么要乱大便在衣服上？"我试图语气温柔一点，不要吓到"凶手"。"因为我最近大便大不出来，但我喜欢用的那个厕所（无盖靠墙）又有点脏脏，我大不出来要蹲好久，又要在臭臭脏脏的地方，我不要啦！"克克最后带点任性语气地这样回答。

把话转达给 A 并把厕所的样子、位置画给 A 看后，A 说："克克的确是家中喝水最少的小孩，家中有几个厕所，我知道它爱用的那个，跟你画的一样。"

"好，那我以后勤清厕所，还有帮它解决便秘的困扰，拜托它就不要打我衣服的主意了可以吗？"我转达给克克后，克克回答："没有不舒服，厕所又干净，我干吗去你的衣服上大便？"一副我们问了蠢问题的样子啊，这个可恶的克克！

"那你干吗要挑衣服下手？大在地上不行吗？"我帮 A 补枪问克克。

"大不出来不舒服啊，我想在软软的、我安心的、舒服的地方蹲啊，这样才大得出来。"糟糕，怎么好像有点道理？为什么克克这么会吵架啊……（捏碎玻璃杯。）

　　大概一周后，我去信问 A，衣服还有没有惨遭毒手？

　　A 说："最近都没有了！看来真的是便秘，感谢你啊！真的没有你说我也看不出来，最近都太少时间观察它们了。"

　　"后来才想到最近帮克克它们换了无谷饼干，应该是因为这个原因所以它们出现以往没有的便秘情况。如果不是你说我还真没时间观察到，也没想到。"A 下了这样的结论。

　　猫多口杂，不知道谁乱大便这种无头公案你家也有吗？试试看从观察谁水喝得少、是否便秘下手，也许凶手就呼之欲出了哦。

与现实的落差

其实动物的视角跟我们的视角差蛮多的，所以它们感受的东西，或是描述的事情，对照护人来说，常常会有"我真的不知道你在说什么"的荒谬感。

例如，有猫跟我说："我家常常会有鸟哦！很多鸟！在天空乱飞！"我听到的当下就觉得很不妙，因为这不是个正常家庭的状况啊，谁会在家放鸟又放猫，没事搞饥饿游戏玩呢，是不是？

但身为沟通师就是要坦诚老实地说出所有接收到的信息。你怎么知道人家家不是开鸟园的呢，是不是？我丢出信息后，照护人果然立刻扶额，她说家里从没养过鸟！顶多窗边给猫看看就算了。怎么可能养鸟，阿弥陀佛！

于是我再问猫："你看到的鸟，是什么样子呢？""就是这样啊！"猫咪没好气地把图片给我。嗯，咖啡色的羽毛，旁边还有红色的，还有声音。

我如实形容给照护人以后，她说猫说的"鸟"应该是最近新买的附有透明钓鱼线的伸缩式钓鱼竿逗猫棒。"那个羽毛飞起来的时候会旋转，真的很像鸟在飞！"照护人传神形容。

好，我听得不是很懂，但根据这样一对照，照护人说："它真的很爱这个，每次一看到这个逗猫棒，杀气真的不一样。"

所以，鸟等于逗猫棒。得证。

还有只虎斑猫曾经跟我说窗户外面有虎斑猫每天晚上都要跟它决斗，它很气，说那只猫看到它都龇牙咧嘴的很不客气，叫那只虎斑猫不要再来了！照护人听了很惊恐，因为她家住 12 楼，是凄厉鬼猫吗？后来研究一阵后发现其实根本是她家猫咪自己在窗户的倒影。（上本书也有提过。）

或是有狗跟我说每只狗都很讨厌，它说："每只狗都好恐怖，它们都想咬我，我好怕！"但殊不知，事实上是它一看到每只狗就开启自动吠叫功能。问它为什么要这样，它说："我很怕啊！要先吓吓它们，它们才不敢靠过来！"（照护人扶额。）

　　或是曾有只猫跟我说："我有个咖啡色的圆窝,蓬蓬软软的很舒服哦!我每天都会在那上面睡觉,但最近我都找不到那个窝了!还给我!"

　　照护人想了半天,现场实在不知道猫在说什么,也跟猫咪要更多线索,诸如"平常都摆在床上""我躺在上面睡很久了",只是越讲越迷糊,只好先跳过,不然难道要光讲这个窝就讲到凌晨都还没结果吗?我的小祖宗!

　　但是回家后,照护人传照片问我:"它跟你说的东西,是这个吗?"照片上是两只猫,窝在像是咖啡色的"软骨头"圆垫上。

　　我说:"就是!圆圆的,蓬蓬软软的!这到底是什么?"

　　照护人:"就是我的被子……只是我最近都没叠,平平地铺在床上,所以它们找不到……"

　　写这篇的目的是,以后与动物沟通时,如果沟通师传达的东西一时半刻跟现实不符或找不到对应的,先别急着埋怨沟通师,好好想一下或是对照一下,可能答案就出来了啊,各位施主!(双手合十。)

有逻辑的妹妹

在我的沟通工作中，常常要毛小孩妥协问题行为或是有什么需要它们做的，都是用交换条件搞定，运气好的话它们会答应，然后我们留校察看或者回家观察。这次聊的一个灰贵宾妹妹，个性嘛，就是豌豆公主，世界级的（但可爱程度也是）。

这次沟通本来是希望她与另一位生活伙伴——法斗犬 Booboo 和好，因为妹妹很讨厌 Booboo，只要 Booboo 太靠近它，它就要凶人家，造成，嗯，家庭气氛不是太和谐。

"而且荒唐到，Booboo 用过的水碗，妹妹就不用，吃过的饼干妹妹也不吃！"妹妹的照护人说。一跟妹妹聊以后，妹妹立刻很激动："我就很讨厌 Booboo 啊！是我先来的！我妈妈是我的！什么都是我的！"（Booboo 是妹妹照护人男友养的狗。）

后来我就跟妹妹妈开会，想着要怎么样说服妹妹喜欢 Booboo。

"你不是最喜欢吃那个零食吗？给你多一点零食，你对 Booboo 好一点好不好？"

"我不要！"

"你最爱妈妈了对不对？那你多喜欢 Booboo 一点，妈妈就更常回家陪你好不好？"

"我不要！"

不管是多吃零食，妈妈多陪它，还是其他各式各样的正向引导利益交换，都被妹妹拒绝。无奈之余我说："我看这样好了，妹妹不是很爱出门吗？跟妹妹说有 Booboo 就可以多出门，所以要多喜欢 Booboo 呀！这样才可以常出门！"

"好啊，好啊！你快跟她说！"妹妹妈催促。

听起来很顺对不对？逻辑很顺对不对？

结果妹妹回我："为什么没 Booboo 我就不能出门？我一直都自己跟我妈出门的啊！那我更讨厌它！讨厌它！"（大抓狂。）

妈啊，根本就是神逻辑的展开啊，我现场整个被吓慌，妹妹完全不按脚本走啊，它自己延伸出全新逻辑，而且似乎还蛮合理。

结果最后场面完全失控，后来就谈判破裂，干脆放弃讨论这件事了。

动物沟通只是辅助谈判，能不能成功还是要看毛小孩的意愿，我想妹妹心中真的极度讨厌 Booboo，所以谈什么都是"不不不不不"，根本没有妥协的空间。

人也是这样的吧，当讨厌的情绪浓厚到一个极点，自然是耳朵关起来，没有妥协空间了。

老大，你愿意搬家吗?

动物星球频道有个节目叫做《大迁徙》，主要是记录非洲动物大规模迁徙的景况。肉食动物逐草食动物而居，草食动物逐草而居，草逐水而居，所以每当河流改道或夏旱，动物就被迫迁徙找寻新的奶与蜜之地。

对动物来说，每一次的迁徙都等于赌命。迁徙的过程充满了不安定，不仅充满肉食动物的威胁，更是拼上一身体力的赌注，迁徙后，动物的数量常常是原本的1/2，甚至1/3。所以，对迁徙的恐惧，深深刻在动物的基因里。

所以坦白说，询问动物是否愿意搬家或是否愿意住宠物旅馆，动物的意愿大多是否定的。因为对未知恐惧，因为对迁徙恐惧。

但咪咪是个很特别的案例。

"这个家啊，我是老大，因为我是最先来的。"跟咪咪一对上眼后它从容地说。

"那你可以跟我说，你跟家中其他四只猫相处的情况吗?"我毕恭毕敬地询问猫老大。在多猫家庭，直接问猫老大家中其他猫的个性、相处情况，是应证联机的好方法。

"我其实没跟谁特别好，我过我自己的。摩卡跟踢踢很爱来弄我，很烦。噗噗就是个喜欢四处捉弄别人的小屁孩，谁它都要弄一下，玩一下，也很烦。"

"那黑猫珠珠呢？"我接着询问。

"珠珠很安静，我跟它比较好哦。"咪咪聊起珠珠的时候，语气中有带一丝亲昵，我想连它自己都没注意到。

把这些听完后，我一次性回报给照护人，照护人连连点头，她追问："对于摩卡跟踢踢这样弄它，它可以接受吗？还有像我们现在这样把它放在房间，只有它自己，它可以吗？"

"摩卡也就算了，我觉得摩卡是想当老大所以不断挑衅我。可是踢踢真的很烦，它会用各种方式追打我，咬我，抓我，看到我就不肯放过我，我每次都被它弄到很气！现在在这个房间，看不到它们很好啊！只是我觉得这个房间很小耶！"咪咪一口气骂完，看来对于这对"恶魔党"的纠缠，它真的很受不了。

"我知道隔离房间是委屈你了，那，之后带你到姐姐住的地方好不好？以后生活只有我、你、姐姐，就我们三个好不好？"照护人语毕后，拿出手机内的照片给我看，照片显示的是一个新颖的室内空间，通风明亮。

"这地方我去过一次啊，不错！以后都在那边生活吗？很好啊！我可以哦！其实我也希望珠珠可以一起来，这样我比较不寂寞，可是珠珠比较胆小，我怕它不能承受。"咪咪看到新家照片后，立刻心领神会，而且似乎一点都不排斥到新家展开新生活。

　　"我可是一只到哪里都可以迅速适应环境的猫咪。"咪咪给自己的个性作这样的描述。

　　"珠珠的确比较胆小怕生，姐姐也是怕让它来新家它会害怕四处躲，一番好意对它来说可能是不能承受的压力。"照护人与咪咪的想法一致。得到咪咪确切的同意后，照护人脸上神色明显放松，我问："今天来最主要就是想聊这个吗？"

　　"对啊，因为咪咪毕竟是年纪最大、地位最高的，要搬迁它我内心很过意不去，怕它不能适应，怕新家只有它一只猫，它会寂寞得忧郁症，也很怕它会很气这个家的领土要拱手让给那两个'恶魔党'，但既然它自己说 OK，那我就放心多了。"

　　之后我们陆续聊了四只猫之间的爱恨情仇。

　　踢踢深爱着噗噗。

噗噗也喜欢踢踢，但觉得踢踢一直要舔它很烦。（噗噗眼中的踢踢跟咪咪眼中的踢踢，根本是安立奎和胖虎的差别。）

珠珠活在自己的世界里。

摩卡觉得自己才是家里的老大。（你充其量只是二当家啊，混蛋！）

回家后的隔天，照护人写信给我：

亲爱的 Leslie：

昨天我利用晚餐时间带咪咪到 7 楼练习，想着给它罐头让它对 7 楼的印象很好。

原本预计待个 40 分钟，没想到它吃完罐头，巡视了环境后就自己躲进沙发后面了。它神色很自然，会"呼噜呼噜"，双手也收起来趴着。我只好把它独自留在家里，自己出门教学生。

两个多小时后回到家，它就开始撒娇并侧翻肚子了，我想它已经很明确地表达了自己的心意，只是没想到竟然那么干脆，真的非常开心！

所以我们两个都很谢谢你，爸爸、妈妈上来看它时（妹妹用 Skype 跟我们联机），看见它已经放松地躺在沙发上时都很开心，祝福了咪酱酱。谢谢你让我放下心中大石，可以带着咪咪一起生活，让它在接下来的日子里只有人类的宠爱，没有"恶魔党"的骚扰，真的是很棒。

PS.昨天已经把4楼交给摩卡管理了，我特别对它说要好好照顾这个家，知道家中谁是老大后真是开心，叫它管就好了啊（撒花撒花），反正踢踢只忙着恋爱就好。

最后献上咪咪搬家的几张照片给你，谢谢你！

我以为动物对于搬家都是戒慎恐惧的，但我却忽略了，如果在原生地生活得很闷，那当然能越快逃离越好啊！

家里整天有"恶魔党"的纠缠，还被迫隔离在小房间，我想我能理解咪咪的无奈，以及能到新天地生活的快乐。

知道通过我的沟通后，大家都可以获得想要的，都可以活在自己的理想生活中，都很幸福，真的是太好了！

看 VCR

与动物沟通时，毛小孩给我信息的方式通常有四种：语言、图像、感受、影片。

语言是最常使用的，"心"则是我们沟通的通道，它们想说的话，会透过我的心传送给我。香港的动物沟通师也习惯用"传心术"来进行动物沟通。

图像是第二种常用的，我常利用图像的沟通方式与照护人确认一些生活细节，例如爱吃的食物、爱躺的窝、家中的格局等。

感受是最少用的，一来不是每个动物都会利用这样的方式沟通，再来就是传送感受对沟通师来说是较疲累的方式，因为不是每种感受都是快乐的。它可能是悲伤、愤怒、寂寞等负面情绪，这对沟通师来说是比较耗损精力的。

最后就是影片，有时候传送过来的画面是动态的，像是用"动物的主视觉"看到的回忆影片。影片不是很常运用的沟通技巧，看到影片的方式，有点类似哈利·波特进入到伏地魔的"蛇眼"里面，用主观视觉来看事物。透过影片，看到的事物都是仰角，因为毛小孩都小小的，它们看到的家具大概还要再放大好几倍。

有趣的是，毛小孩也会挑选对自己有利的影片播放，例如波比这次的沟通。

波比妈："我想问波比对这只猫小袜子的想法。"说着，她把她的手机递给我。

波比是只橘白猫，小袜子则是只黑白猫。

看到影片：小袜子黑黑的大屁股在面前一摇一晃地往前走，波比很仔细小心地跟着，逐渐逼近，逐渐逼近，小袜子的屁股越来越大，时间点一到，波比用"大鹏展翅"的方式扑到小袜子屁股上狠咬一口。

我："哦，波比很爱跟踪小袜子耶，然后再整只猫狠狠扑上去咬它屁股，波比说这样超好玩的，它最爱这样玩。"

波比妈："那它有给你看后面的画面吗？"

我："什么后面的画面？没有啊，它只给我看到这里。"

波比妈："因为通常都是它先这样找小袜子玩，然后就会咬输，最后被咬得哇哇叫落荒而逃。每！一！次！所以它是只给你看它很威风埋伏人家飞扑上去狠咬的样子，后面尖叫打输的画面你都没收到。"

我："对，我只看到它很威风的样子。"

不是常说媒体决定了观众看什么吗？媒体是信息的守门人，我想动物沟通也是这样的，动物是自己的守门人，自己决定想给沟通师看什么画面。想到波比很努力地维护自己威风形象的样子，我就不禁哑然失笑。

环境孕育个性

有一天晚上我百般无聊在看电视换台时，被动物星球频道的一对蝎子吸引。旁白解说："拍摄昆虫是极其困难的事情，因为昆虫不像其他动物可以用设计或训练的方式做出我们想要的动作，想拍到期待的动作，只能靠等待。"

而那天需要拍摄的画面是 "蝎子求偶舞"。

公蝎会先把精荚放在地面，之后公蝎会用螯夹住母蝎的螯，双双卡住以后，会经过像探戈一样的前进后退"舞蹈"，目的是把母蝎推往堆放精荚的地面。把母蝎推过去后，让精子进入母蝎体内就完成交配，公蝎、母蝎就会分开。

旁白说明："没有经过'跳舞'，交配是无法成功的。而想要拍下蝎子'跳舞'，你要先给它们完全黑暗的环境。因为蝎子只愿意在黑暗的环境下交配。想要昆虫做出你要的动作给你拍摄，方法就是你要先提供给它那个环境。"

蝎子交配的前提是：1.全然黑暗的环境；2.足够宽敞的空间。

他们把全场的灯关掉（神奇的是蝎子在黑暗下会有天然的荧光，所以完全不妨碍拍摄），并前后换了几只公蝎给母蝎（母蝎一共拒绝了三只公蝎），才完成拍摄。

"原来想要动物做出我们期待的行为，前提是先营造适合的环境给它。"我内心反复咀嚼这句话，感慨不已。

那我前阵子沟通的害羞鹿鹿，就是这句话的活课本吧，我想着。

　　鹿鹿是一只黄色短毛的米克斯犬，因为圆圆的大眼睛加上纤长的四肢极像一头可爱的小鹿，所以取名"鹿鹿"。鹿鹿的个性非常害羞怕生，出门都夹着尾巴，有时甚至严重到低伏在地面不敢走动。

　　虽然照护人可以理解动物沟通不是催眠，不是讲几句话就能改变毛小孩的个性，但她还是希望可以通过动物沟通，让鹿鹿跟自己的生活更顺利。

　　鹿鹿沟通的主要状况有三：

　　1. 鹿鹿非常怕小区的警卫伯伯，怕到会发抖的地步。

　　2. 早上特地带鹿鹿出门尿尿，它它会拒绝上厕所，让赶着上班的照护人非常头痛。

　　3. 晚上出门散步时，它会害怕到无法走动无法前进。

　　分别问了鹿鹿这三件事情的原因，鹿鹿都给了很有趣的答案。

　　关于看到警卫伯伯会发抖，鹿鹿说警卫伯伯会骂它。我听到的当下感到很诧异，因为任何一个在乎饭碗的警卫都不会当着小区居民的面凶她的狗吧？

　　询问照护人后，照护人笑说，因为警卫伯伯很喜欢鹿鹿，所以可能看到鹿鹿时讲话都很大声，还想伸手摸它，才让鹿鹿有这样的误会。

　　我："那是不是跟警卫伯伯稍微讲一下，请他看到鹿鹿时稍微冷静一点？"

　　照护人："好啊，下次试着跟警卫说说看。"

关于早上不肯尿尿，鹿鹿竟说："我一起床就被带出门，尿不出来呀！我想要在家里玩一阵子以后再出门。"

虽然听完我觉得荒唐，也只能据实告知照护人："早上，鹿鹿的尿意需要在家酝酿一段时间才尿得出来。"然后我就看到照护人一脸很想捏碎玻璃杯的神情。

关于晚上出门散步不肯走路，鹿鹿说："晚上出去时，不喜欢走车子很多那段，但是走一走以后，后面就不会有车子哦！我喜欢那一段，我可以走那一段！"

我问鹿鹿："那有车子那段抱你好吗？"

鹿鹿又回："可是我很怕高，我不要啦！"

最后照护人跟鹿鹿说："那一段我们一起走快一点，快速通过。"达成协议。

我真的好佩服她的耐性，我觉得我对 Q 比恐怕都没那么好的耐心。

之后照护人回家，陆续跟警卫沟通，调整早上出门时间以及调整晚上散步速度，鹿鹿就有了很大改善。不久，照护人回信：

Leslie 你好，鹿鹿和你沟通后到现在已经一个星期了！

这个星期它明显进步很多，尤其是和人的相处，遇到楼下的警卫伯伯虽然不喜欢，但它竟然不像之前那样一直发抖了，可以好好地让伯伯摸摸头。

在家也很明显听得懂我说话的内容，我的朋友来家里做客，它也会很主动去跟人家亲近，这都是我之前完全没料到的。

关于出门上厕所的问题，早上我把时间往后延，让它先吃饭玩一下再出去，已有明显进步。晚上虽然还是紧张，但我想再给它一些时间，一定会更好的。

真是谢谢你，能有机会跟它作沟通，真的对我和它之间相处有很大的帮助，感谢你哦！

我想，鹿鹿能够改变，前提是因为跟鹿鹿聊天，知道它害怕哪些事情，对哪些事物敏感，照护人回去后也一一调整，给了鹿鹿安心的环境。

一开始，在沟通结束后，老实说，我对鹿鹿的改变并没有抱太大的期望。因为我总想着，这是个性的问题，而个性很难靠沟通改善。试想象那些叛逆学生会因为跟辅导室老师恳谈一小时就改变吗？

没想到因为沟通，改善了环境，进而改善了行为，最后让鹿鹿有了这样明显的进步。

我开始思考着，动物沟通，真的对内向害羞的毛孩子有帮助吗？也许我可以多试试将触角往需要帮助的害羞紧张毛小孩延伸？

因为这样的念头，我认识了如意。

重新生活吧，如意

看到鹿鹿的改变我非常惊讶，因为鹿鹿颠覆了我对动物沟通所能产生的影响力的想象。

我总以为，个性畏缩、胆小害怕是很难用动物沟通化解的，因为那是个性。就像父母都很难改变自己小孩的个性，那又如何期待一个小时的短暂沟通能够改变毛小孩的个性？

对不起，还没提到如意，但一定要先提到我的心情回路，才能讲清楚我如何认识如意。

鹿鹿的明显改变我不敢居功，因为那是它自己的努力，但是通过动物沟通这个桥梁，的确可以帮助鹿鹿获得它想要的环境，而环境让它成了"自信不畏缩的鹿鹿"。

如果动物沟通真的能缓解毛小孩内心的不安与恐惧，进而引起行为上的变化，那，我能不能去帮助收容所里的毛小孩呢？

许多有爱心的照护人去收容所领养了毛小孩，毛小孩却因长期待在收容所而产生了许多不安与恐惧，让照护人心疼，生活习惯上与照护人也难以磨合。这种毛小孩，我可以通过动物沟通帮忙改变吗？

这样的思绪那一阵子总盘踞在我脑中，挥之不散。

一天早上，我收到一封信。

Leslie 你好，我不知道这条信息能否被看到和回应，若能的话那我真是超级无敌的幸运。

　　我想跟你说的这个毛孩子，叫 Amy，过年前被前照护人带去收容所弃养，是个七岁以上的老孩子了。

　　昨天我去陪它想领养它出来，但它极度怕人并且想摸它就会凶人。

　　我不知道收容所还能留它多久，是不是有方法让它明白，它还能拥有幸福？

　　它值得拥有幸福，请它放心地让我带它离开收容所。愿天下所有毛孩都能拥有幸福。

　　照片中是一只漂亮的黄色米克斯犬，但眼神透露着寂寞与恐惧。我内心盘踞已久的疑惑，这一刻好像是 Amy 要来替我解答一般。我特地在我已极致紧绷的工作状态中空出时段，静心跟 Amy 说：

　　"Amy 你好，你可能会很奇怪听到我的声音，但是我想要跟你说，把你留在这里的人已经离开了，他不会再回来带你一起走了。真的很对不起，跟你说这样的事情，我知道你心里一定很难过很难过，但是我想跟你说，这两天应该来有位姐姐来看过你吧，听说你对她又怕又凶。

　　"Amy，希望你认真听我说，她是想要带你离开这个地方，未来想跟你一起生活的姐姐。请信任她吧，安心地喜欢她吧，只有她才能带你离开这个地方，重新跟人一起生活。Amy 你不用担心，也不要害怕，她是能照顾你，与你一起生活的姐姐。"

　　我很想在这里记录点 Amy 感人的回应，可是很抱歉，当时 Amy

一句话都没有回我，我像是跟一堵墙说话一样，一点回应都没有。

我想着也许这样的沟通方式还是太勉强了，能做的实在有限，所以在临近中午时，我回信给这位女生："我试着跟 Amy 说明情况了，虽然没有获得回应，但我想你可以再试一次看看。希望 Amy 获得幸福。"

在不抱持任何希望跟期待的心情下，下午两点，我得到回信：

Leslie 你好！成功了！真的成功了！早上试着要摸它原先还是会凶人，我一直跟它说："你不要留在这里了，忘掉你的前照护人吧！你相信我，我会带你回家的。"终于在所区中午休息前将它领养了！"它愿意让我成为它的家人了！我将它改名如意，希望它从此吉祥如意。真的好感谢你愿意帮我，我相信你说的如意都听进去了，相信它终于知道自己还是可以再次拥有幸福的。Leslie，真的谢谢你！

我看到信的时候内心充满了激动。一来一回间，加上如意的努力，它愿意再一次相信人类，把自己交给人类，这是何等的勇气！对我来说，这一天几乎是奇迹之日。

后来，我特地又跟如意的照护人约了一次单独的沟通时间。在我心中，沟通过的毛小孩就是一份责任，当初没有获得如意完整的响应，这一次希望可以补足，帮助它获得幸福的新生活。

如意的照护人特地从高雄来到台北的咖啡厅与我见面，事隔将近三个月，没想到如意还记得我。它与我对上眼后，说的第一句话是：

"我可以一直待在这里吗？"

照护人听到的当下，眼眶立刻泛红，直点头说："可以，可以，这里一辈子都是你的家，你永远不会跟我分开。"

如意之后缓缓说出它之前的生活。它说："我以前待的家，有一个男的照顾我，还有一个是他的妈妈。我以前叫的话会被打哦，所以我现在都不敢叫。而且那个男的会骑机车让我在旁边跑哦，我最讨厌这样了，我喜欢坐机车，坐机车比较舒服。"

照护人听到此后强调，带如意去收容所弃养的是个男的，而且如意真的蛮爱坐机车的，也不管那是不是她的，它基本看到机车就跳上，真的是很喜欢坐机车。

之后的沟通，意外的，如意给我感觉防备心不像之前那样强，它开始放松，开始讲想吃的东西，开始会撒娇，甚至会说："我好喜欢姐姐，跟姐姐在一起最棒最快乐了！"我不禁脱口问出："哎，你是不是很宠如意啊，我感觉如意跟我第一次和它联机相比，放松跟安心很多呢！"

照护人笑说："现在如意都是早餐饲料晚餐鲜食，也会常带它去散步，麻烦的是房间开冷气它有时候还爱理不理，不一起进来睡，它还是有它的孤僻啦！"

越聊到后面，我越安心。

因为我感受到如意真的放开了，自在了，这是被宠爱的孩子才会有的态度，这与第一次沟通时完全没有回应的它如此截然不同。而这一切都是它跟照护人的努力结果。

如意愿意不再龇牙咧嘴，愿意重新相信人类，展开新生活。照护人愿意给如意安稳、宠爱的新环境，让如意敞开心房。

如意，重新生活，真是太好了！

请一直幸福下去吧！

附件：照护人写的关于她与如意的接触记录

如意，我第一次靠近你时，才发现你浑身抖个不停，抖到天荒地老、海枯石烂那样夸张！那时我真的以为你有癫痫症，第一次亲眼看到因为害怕抖到如此夸张的情景，想伸手摸摸你，却马上被你露齿低吼警告，硬要摸你就会害怕会咬人，虽然你一咬到就会放开。

以为当天就可以带你离开，看来是我天真了。

除了收容所的休息时间，我在里面陪了你一天，离开时你还是不愿意让我触碰，想着明天再来试试看吧，再不行就算了吧……

回家后一直想着，如果真的不行怎么办？一接近就凶人，硬要碰触就会防卫性咬人，这该怎么把牵绳套上呢？突然想到，也许，还有人可以帮忙，但觉得能得到响应的几率是零，抱着最后试试看的心情，还是发了信息给 Leslie 说明了情况，希望可以让如意知道我的心意。

　　隔天一早，我一样带着零食去了园区，你一样缩在椅子底下，用零食把你诱惑出来，坐在你旁边跟你说话，你还是不让人碰。

　　可是，很奇妙的事发生了，原本连手靠近你都会凶人（就算手中有食物你也是吃完就又开始低吼），但这次就在你吃完手中零食后居然没有低吼了，于是我试着用一根手指头（还是怕被咬）轻轻碰你的下巴，想不到你居然没有转头凶我，我太高兴了，马上换成整个手去抚摸，你没有反抗，于是我伸出另一只手抚摸你的脸，因为也快到中午休息了，所以我跟收容所人员先借了牵绳让我套套看。这时的我真的是忐忑不安啊，生怕你不愿套上牵绳，那该怎么办（有种结婚要帮女方套上戒指时，对方突然来个回马枪说"我不嫁了"那种感觉……）？终于，牵绳套上去了！

　　如意你知道吗，那一刻我的感觉，就像头上有颗彩球被拉开，彩片落下，还响起"登登登登登"那种中奖的音乐。我赶紧把领养手续办好，正式给你改名叫如意（还好你会坐摩托车），带下山就先找家医院，大致检查没问题后，就带你去美容院洗澡剃毛驱虫。

　　在等如意洗澡期间我先回家准备，这时才看到电脑上的信息，天啊！奇迹！Leslie回复我了，我真的没想过会得到回复，难怪，难怪在园区时如意会突然放松下来，像是了解并相信它可以再次拥有幸福。当时兴奋地给Leslie回信报告这个好消息，并感谢Leslie愿意帮忙并且真的成功了！Leslie也再次祝福如意和我都能幸福。

捡球游戏

有养过狗的人一定知道我在说什么。

步骤一，跟狗狗玩丢球游戏的时候，球丢出去。

步骤二，狗很开心地去捡，但是一点都没有要还给你的意思。

步骤三，你们开始追逐、抢夺那颗沾满口水的烂球。

步骤四，终于抢到了，球再丢出去，回到步骤一。

"你自己要跟我玩球，球又不给我，那是要怎么玩啦！"你心里一定充满了这样的疑问，但这个疑问，我好像，透过咪噜不小心破解了。

"可以跟你玩捡球游戏吗？"我代替照护人发问。

咪噜："可以啊，我现在不就有在跟你玩？"

"可是你每次都不还我球。"照护人语带委屈。

咪噜："因为那是我很辛苦跑跑跑抢到的球耶，怎么可以给你！你想要球，就跟我一起跑啊，抢到就是你的！"

天啊，太有道理了，一语击破盲点！对狗狗来说，球等于猎物，以这样的逻辑去思考，难怪狗狗辛苦抢到的猎物不愿分给"呆呆站在那边什么力气都没出"的人类啊！如果我是狗，我也不想把球给人类。

这真是太有智慧了，咪噜！（已崇拜。）

吃的话题当突破口

以前的工作是杂志编辑，常会需要参加许多社交场合，名媛贵妇明星齐聚一堂，身为小编的我此时的工作就是穿梭其中做采访。

采访当然不是劈头就丢出想问的问题，前辈说过，要先找一些对方感兴趣的话题当突破口，俗称 talking piece，聊对方有兴趣的话题。例如：你的手拿包好特别，你偏爱这样的设计风格吗？或是今天的发型真好看，很衬你的脸型……把气氛炒热，等到感觉对方情绪比较放松了，想要采访什么也才聊得下去。

这个"职场智能"，延伸到今天，应用在动物沟通依然很见效。

除了许多爱热闹活泼的狗狗，讲什么都开开心心滔滔不绝，许多毛小孩刚开始聊天的时候有点紧张，它们刚开始要聊天的时候都满脸问号，不知道要聊什么。

它们常说："我知道你今天会来跟我聊天哦，可是我不知道要跟你聊什么。"或是干脆一阵沉默。毛小孩嘛，不是吃就是玩，所以我常常用吃的话题当突破口。

"没关系，我们来聊聊看你最想吃什么好了！"我语气温柔地这样问，十有八九，毛小孩想吃的食物的画面就会噼里啪啦排山倒海而来。

罐头啦，零食啦，水煮鸡肉啦，水果啦，各式各样，五花八门，

搞到后来我大概看一眼图片就能猜出毛小孩想吃的是什么。

白白的肉丝是鸡肉，红红湿湿的肉是罐头，淡黄色脆脆香香甜甜的是苹果。

倒是有一次我印象非常深刻，就是马尔济斯犬端端。

那天问端端最想吃什么，意外的，它给我看一碗水，一碗金色的很澄澈的水。

端端说："这个很香，很好喝！"我跟照护人说了以后，内心揣测着这八成是苹果打的泥吧。

完全没想到照护人说："这是滴鸡精（滴鸡精是台湾特有的一种补品，一般给产妇补身体，不是鸡精），我这阵子常喂它喝田园香的滴鸡精啊……"

大惊之下我问了原因（因为喂狗喝滴鸡精的人很少啊！），照护人说因为端端年纪大了，身体很虚，最近又不愿吃中药，只好把中药混在鸡精里面求端端小主喝下了。

只能说端端真的很识货，我也想喝田园香的滴鸡精，唉！

Q 比爱舔脚

不瞒各位说，Q 比有舔脚的习惯。

问了它为何爱舔脚，它说："就很痒啊！"（理直气壮的口吻。）

问了医生它为何爱舔脚，他说："可能因为趾间炎。"（类似脚掌皮肤炎。）

问了动物行为专家熊爸它为何爱舔脚，他说："因为狗狗的汗腺在脚掌，它们的脚时常分泌汗水，再加上台湾气候潮湿，所以它们的脚掌会有闷湿搔痒感。狗狗舔脚会带来'止痒的快乐疗愈感'，久了后，它会记得这个动作带来的疗愈感受，逐渐演变为爱舔脚的习惯。"

好，总之就是各种宇宙谜样的因素。Q 比很爱舔脚，如果看到我在看它，它多少会收敛一点，如果我出声喝止，它也会收敛一点，但有时候如果我出手阻止它，把手挡在它的嘴巴跟心爱的"脚交"（脚的昵称）中间，它会出口含我的手。

不会咬，但会含住，再加赠低吼的发怒的声音。

前几天这戏码再度上演，我的手被含我也没生气（反正又不痛），只是无奈地对着它说："Q 比，我很爱你哦，我爱你爱到从来都舍不得打你，你做什么坏事我都舍不得打你，连你这样含我凶我都舍不得打你，但你却这样舔脚伤害自己，把自己舔破皮，舔受伤，你觉得你这样对得起我吗？"

　　我原本以为这样柔情喊话一番，这倔强的家伙应该会充耳不闻继续快乐的舔脚生活，老实说我背后都已经预备好防舔羞羞圈要给它戴上了。

　　没想到精神喊话结束以后，它竟然转过头来爬到我身上讨摸，还不断舔我的手。我说："你如果想跟我道歉就舔舔我的手！"（手伸到 Q 比嘴边。）

　　结果 Q 比竟然真的舔舔我的手跟我道歉，再附赠无数用头蹭我的手讨摸。

　　我很少说什么话劝服 Q 比，这是我们两个之间很难得的一次和解。

　　而且我再次验证了一件事情，那就是 Q 比真的跟我一样，超级吃软不吃硬。

适应哥哥不在的日子

Ha Qu 的第一句话是："我没什么可以跟你聊的！"（如果有门，我想它应该会搭配一个霸气摔门的姿态。）

"你们家 Ha Qu 说没什么好跟我聊的……"我怯生生地和照护人说。

"真的吗，可是我跟它说了很久啊，我跟它说有个姐姐要跟它聊天，有什么都要聊，它怎么这样啊！闹什么脾气！"照护人简直不敢相信 Ha Qu 竟然临阵要大牌。

"那你跟我说你在气什么好了，总是要讲清楚你妈妈才会改进啊！"我干脆换个方向引诱 Ha Qu 抱怨，怨气话题都特好聊，我内心打着这种如意算盘。

"她刚刚回家一下，然后就立刻冲出门了！立刻哦！我还以为她回家就会在家陪我了，没想到她却立刻出去了，我好失望好难过。"Ha Qu 语带委屈，简直如泣如诉，这孩子，原来只是想要耍赖要陪伴。

我如实转述给照护人后，她大笑说："难怪出门前，Ha Qu 怨气深重地直瞪着她出门，那时就有想，它是不是在不开心我回家没多久又冲出门，没想到真的是！"

后来我花了一段时间安抚 Ha Qu，还承诺它回家妈妈会准备好多它想吃的好吃肉肉，少爷才开始聊上轨道，一问一答地流畅起来。

聊到剪指甲，Ha Qu 说："她要剪不剪的，很恐怖啊！一点都不快狠准！"后来谈好条件，剪完一只指甲就吃一口零食。（我内心在想，好伤本的方法！）

聊到吃饭，Ha Qu 说："现在有时候加太多水了，我想吃深色的肉，她现在都给我吃浅色的肉！"（照护人补充：深色肉是鱼肉，浅色肉是鸡肉。）

全部抱怨完后，它总算夸照护人一句："她最近都把我的厕所保持得很干净，我很满意。"

我原本以为照护人听完会很想鼻孔喷气说："啊，皇恩浩荡，多谢夸奖。"没想到照护人回家之后和我聊天时说，这句话让她超感动！我很疑惑，Ha Qu 夸她扫厕所很干净有什么好感动的？

照护人回："因为我原本一天清一次，最近才开始一天清两次，所以听到 Ha Qu 这么说我好开心！原来自己的改变、不偷懒真的能让它的生活质量更好，真是太棒了！也许你只是短短一句话的传达，却可以让照护人在心里放烟火，而且也会变成我之后照顾它的动力！沟通完后每当我想偷懒少清一次时，脑海就会浮现那句'我很满意'，就会心甘情愿地起身清猫砂了。"

讲完这些吃喝拉撒的日常生活细节后，我知道我该聊到重点了。

其实这次沟通有一个主题，就是 Ha Qu 的哥哥 Happy，它一个多月前离开了。除此之外我没有获得其他信息，只知道照护人很担心 Ha Qu 的心情，怕它无法适应，所以这次沟通主要是想跟 Ha Qu 聊聊心里话。

跟毛小孩聊天有时候和跟人聊天有很多共同点，例如，你要注意问话节奏的安排，松——紧——松。轻松的话题开场，重点话题在中间，再以轻松的话题作结。相信我，我曾碰到过一上场照护人就气急败坏问猫咪为什么最近要尿床，结果没想到猫咪立刻给我断线的。毕竟如果一接起电话就要被骂，谁会想聊天，是吧？

所以我刻意先跟 Ha Qu 聊了些日常家事，才切入正题。

"妈妈之后会准备你要的深色肉肉给你吃，你还有什么想说的吗？"我的态度开始放轻放柔，为之后的问题做暖身。

"没有，现在想不到。"Ha Qu 回我。

"那你记得 Happy 吗？Happy 现在不在家，日子还可以吗？"我尽量放轻语气询问，期待沉重的问句能因为轻柔的语气而变得轻松一点。

"它刚不在时，我很不能习惯。我在家里各个角落找它，却到处都找不到。明明家里有它的味道，闻得到却找不到，好难过。

"我其实不是黏人的猫咪，我最黏的就是 Happy，Happy 总让着我，玩具让给我，食物让给我，零食也让给我，我最黏的就是它，最爱的也是它，所以它不在这个家，我真的好难受。"Ha Qu 把它对 Happy 的想念倾诉一轮，但我想这还不及它心中哀恸的 1/10。

"对，它们是一起长大的，Happy 真的是个很疼很疼 Ha Qu 的好哥哥，凡事总让着它，所以我很担心 Ha Qu 这阵子都很低落，是不是真的不能承受哥哥离开的事情。"照护人听 Ha Qu 说完后补充。

"其实，Happy 是突发猫血栓，血块造成后大动脉阻塞，导致后肢完全瘫痪，从事发到走只有 15 个小时，而且，事前完全没有明显症状。所以，Happy 的离开对 Ha Qu 跟我来说，最大的打击就是哥哥 Happy 突然消失了！"说到这里照护人眼眶泛红，我可以感受到"突然消失"这四个字深刻如内心的刺青，再幻化成声调倾诉而出。

"那天哥哥离开时，Ha Qu 是在场的，我怕它有什么特别的无法释怀的感受。"

沉默片刻后，照护人补充接下来要问 Ha Qu 的问题。

"哥哥走的那天，你记得发生什么事情吗？"我问 Ha Qu。

"那天我看到 Happy，想跳上床，它平时喜欢躺在床的角落，那是它最习惯睡的位置，可是它要跳上去却没跳上去，就倒在地上了。"Ha Qu 回忆当时的情景，莫名地，我也感受到它当时的惊慌与担心。

"我现在稍微可以接受它不在了，因为，它就不在了。味道也渐渐淡掉了，家里渐渐没有它的味道了。它真的不在了，我很难接受，可是也只能接受，它不在了。"我注意到 Ha Qu 不断强调"它不在了"这几个字眼，让我感受到，好像某种程度上它也在不断地催眠自己，要自己接受哥哥不在的事实吧。

"那你现在的生活还愉快吗？会不会很低落，不开心？"我试探着问 Ha Qu 的情绪，但另一方面我也吐槽自己，觉得自己很像新闻中的无良记者，抓着麦克风质问受难家属："现在心情怎样？"我有时候总为自己对毛小孩不够体贴而自责，幸好 Ha Qu 很快就回答我，让我来不及上演丰富的内心戏。

"现在没有 Happy 跟我一起，就跟'麻麻'在一起吧。'麻麻'对我来说最重要，有'麻麻'在我会安心一点。"我感受得到 Ha Qu 完全把对哥哥的依赖转移到了"麻麻"身上。

"那可不可以帮我问它，是否想要别的猫咪陪它？"照护人紧接着问，毕竟上班不在家的时间长，Ha Qu 如果这么在乎"麻麻"，也怕它患得患失容易忧郁。

"别的猫？我为什么要别的猫？我只喜欢 Happy 呀！"

"那如果我找一只跟 Happy 很像的……"我话还没说完就被 Ha Qu 打断："什么很像的，很像就不是啊，我不要，我只要 Happy，如果你能找跟 Happy 一样疼我照顾我，还长得跟它一样的话，那我就可以接受它。"Ha Qu 的语气好像世界上只有 Happy 可以跟它一起生活。

"它说除非那只猫跟 Happy 一模一样，不然它不要。"虽然无奈，但我也只能据实以告。

"所以它就是一辈子都只想当弟弟被宠爱，不想当哥哥就是了。"看来照护人真的很懂 Ha Qu。

"没关系，我知道了，这样就好，知道它开始能习惯哥哥不在就好。它不想接受别的猫我们也不会勉强它，希望它可以一直健健康康陪着我们走下去。"照护人语带爱怜地说。

"可以帮我问 Ha Qu 还有什么话想跟我说吗?"照护人最后问。

"可以把哥哥还给我吗?如果哥哥回不来,那她('麻麻')可以不要走吗?"Ha Qu 像单独被妈妈留在家的幼儿一样,提出可怜又可爱的撒娇要求。

和照护人讨论后,我们的一致意见是,现阶段对 Ha Qu 最好的方式还是以长期陪伴为主,之后也许可以选适当的时机,再找新的猫咪伴侣陪伴它。

"希望可以尽量纾解 Ha Qu 内心深处的孤单寂寞。"照护人全心全意、重重地把 Ha Qu 的愿望放进心底。

和 Ha Qu 的联机切断后,我开始整理桌上的照片,并啜几口热伯爵茶,休息缓和情绪,这时的气氛有点沉默,带点特别的寂静味道。

此时照护人缓慢又优雅的声音开启了我们的另一段对话。

"其实今天刚好是 Happy 走的第 49 天,听说灵魂会在这一天起程去新的地方。我想能刚好在今天跟你约和 Ha Qu 聊天,听到你说出 Ha Qu 的内心话,冥冥之中,也是有什么注定的吧。"照护人突然说出这段,不知为何,我浑身起了鸡皮疙瘩。

"我希望 Happy 永远开心,也希望 Ha Qu 能健康地陪在我身边。它们带给我的太多了,自从 Happy 离开,我学到很多东西,也有很多事情在我身边发生,也让我更珍惜生命中的每个交会。"我听

着照护人缓缓说出内心的话，不知为何，内心也有共鸣的撼动感。

"其实，我现在也有在学习动物沟通，希望未来的日子可以直接跟 Ha Qu 对话，了解它所有的心情，给它最好的照顾。"照护人说。

"如果今天是 Happy 在这尘世的最后一天，我想也许这是它的最后一个任务吧，开启你生命的下一个阶段，开启你和 Ha Qu 的交流对谈。"没有经过太多的思考，我的直觉冲口而出。

照护人低头沉默不语，我借故离开现场，给她一点时间平复情绪。回来后，我刻意聊些轻松的话题，带开了气氛，散开了纠结。

回家后，睡前我在床上辗转难眠，我想着，我们一定都带着一个任务来到这个世界，当任务结束以后，这个身体就不用了，还给大地。

而之后我们的灵魂会进入到下一个阶段，等着下一个身体使用，下一个旅程的展开。

也许 Happy 的任务结束了，我想，今天是它以 Happy 为本体在地球完成的最后一个任务，之后它就要迈向下一段旅程了。

而 Ha Qu，Ha Qu 是只坚强的好猫咪，它在逐渐学习放下，而照护人，也在一起学习着，迎接另一段生命的进程。

想到这里，我的情绪开始放松，意识开始模糊。"我今天的任务也算结束了吧。"睡前我这样跟自己说着。

至少有我们陪你

癌症末期被遗弃的狗狗拉拉，被放逐在荒郊野外，朋友把它救回来后，现在住在动物医院。

听说病情稳定且已被控制住，食欲不佳，但可以吃，不大能走路，但会走几步。

但是拉拉的眼神非常空洞，感觉浓缩了一个灵魂所能承受的最大哀痛在里面。

实在不忍心，想跟它说，一切都没事的，现在没事了，有好多人爱你，不怕不怕。

但我内心是有点担心跟它联机的。因为根据以往的经验，联机情绪过于哀痛的狗，我的心灵也会承受不住，曾经有在咖啡厅痛哭失声到需要紧急断线的情况。（我也自私地这么做过。）

好怕这样的情形发生，很担心，很害怕，很心疼。

沟通在这样纠结的情绪中开始了。

但是拉拉的反应意外的平静。

现在，在哪里呢？

看到一个深色的布摊成的角落。

"都窝在这，不想动，偶尔起身走走。"

现在，吃什么呢？

看到一碗绿糊糊的东西。

"不喜欢这个，不好吃。"

现在，心情好吗？

看到一位有点年轻、戴着眼镜的女医师。

"看到她心情就会好很多，她会来摸摸我，跟我说话。"

现在，身体有哪里不舒服吗？

"全身都很不舒服，特别肚子这边胀胀的，好难受。"

以上都和朋友一一确认后，我知道深色的布是特意给它铺的小窝，绿绿的糊粥不确定是什么，但应该是混合着药粉的玩意。

主治的是男医师，但每天巡房、打针、喂药的是它形容的那位女医师没错。

至于肚子胀胀的，因为它是肺癌，所以肚子有积水也是有可能的，回头再请医生注意一下。

嗯，看来连上线了。

"你以前，过的是什么样的生活呢？"我小心翼翼发问。"可以不要聊这个吗？我真的真的不想讲这个。"拉拉抗拒的意识坚定。

好，不聊，我是帮助你放松情绪的，我一点都不愿意再增加你的不快乐。

"现在，你最大的愿望是什么呢？"我温柔地询问。

"我好想要有人陪，偶尔会有人来陪我、摸我，但我好想好想一直有人陪着我、摸我。"

"好，我帮你跟人讲，一有空就去陪你，一定。"我几乎眼眶要泛泪了，不行，忍住。

"打针会痛吗？"话一出口，我就后悔地觉得自己问了愚蠢的问题。

"打针有一点点痛，但是要打针才会看到那个女生，她来就会摸摸我，跟我说话，所以没关系的，可以看到她就好。"

应该是描述来打针的女医生吧，女医生当然是巡房的时候才有空过来多陪它一下。

"除了想要有人陪你以外，还有别的愿望吗？"

"在别的笼子里面，有只狗狗，躺在自己的小窝里面，好舒服的样子。我也想要那样的窝。"

我看到一只小小的红贵宾，躺在一个小窝睡垫里，应该是家人心疼它住院给它带来的。

跟朋友转达后，朋友眼泛泪光地说："我等一下立刻开车去买一个特大号的给它！"

"很谢谢大家这样照顾我，我觉得在这边的生活比以前好很多，可是可以请大姐姐不要骂照顾我的哥哥吗？"

"骂？为什么这样说？"我疑惑提问。

"大姐姐每次来都一边摸我一边很大声、很生气地跟照顾我的哥哥姐姐说话，但是他们都很仔细照顾我，拜托请不要骂他们。"拉拉哀求道。

我转头问朋友："你有骂医生吗？你应该是讲话比较急吧？"

朋友："拜托！怎么可能骂医生，感恩都来不及！是有时候聊天讲到那些让人生气的繁殖场，我就大声起来了。"

　　"大姐姐不是骂哥哥姐姐，只是说话大声，急了点，你不用担心。"我语速尽量放慢地安抚他。

　　这孩子，自己身体都难受成这样，还忙着为别人着想。现场的我们都红了眼眶。

　　拉拉话不多，一问一答，没有我想象的悲痛，所以我问朋友："救出来大概一个月吗？"

　　朋友说："差不多，从救出来到诊治到跟你约时间，差不多一个月。"

　　"我感觉它的情绪称不上是开心，但还算平静。我想这是经过一点时间的沉淀的。"我语气平稳地说，意外的，原本紧张的情绪竟然还要反过来被拉拉牵引安抚，我觉得自己好惭愧。

　　"其实癌细胞扩散了，它的时间也不多了，只是希望至少在这最后的时间，能够让它感到温暖跟爱。"朋友喝着热拿铁这样说。

　　"去医院看它的时候，可以抚摸它，跟它说：'现在有我陪你，你是最棒的狗狗，以前的人不知道你很棒，所以对你不好，但我们都知道你是最棒的。以后身体不舒服，有我们照顾你，我们最爱你。'"

　　"这样它能理解？"朋友疑惑。

　　"可以的，慢慢说它了解的。身体的病有医生，心的病就交给你了。"我跟朋友叮嘱着。

　　曾经痛苦，但至少现在有人照顾，有人爱就好，我想着。这个结局不算圆满，但至少是个让人比较放心的结局。拉拉，我们有空就会去陪你的。

你可以自己走了哦

　　网络上有只很红的小橘猫，本名叫橘子，又叫橘王子。橘王子有个特别的地方，就是它的下半身瘫痪，所以得包尿布，每天得依靠照护人帮忙挤尿，大部分移动靠有力的前肢跟腰。因为全家人的细心呵护，在粉丝专页上的橘王子的照片，总是很放松很温柔的神情，看得出来，是个在充满爱的环境下成长生活的好孩子。

　　有一次照护人用"我们家的小戏精"来形容橘王子，让我印象深刻。内容大约是：以前橘王子刚来到这个家，想要上沙发时，总用两只前爪攀住沙发边，做出努力往上攀爬的样子，最后再回头无助地望着照护人，然后发着细微哀鸣滑落而下。

　　看到这幅场景，谁能不出手相助？你说说，你说说……

　　但没想到照护人说他就这样被橘子骗了一年。后来有次家中只有照护人跟猫咪们在家，走出房间，他竟看到橘子在沙发椅上睡觉。之后他问了妈妈，妈妈说："拜托！它早就会自己爬了，还超厉害的呢！"

　　之后照护人还偶然撞见橘子身手矫健地爬上沙发要不到三秒钟，完全叹为观止，但只要被橘子发现照护人有看到，就立刻又是"侍儿扶起娇无力"，柔弱地坠落沙发 again and again and again（一次又一次）。

　　（以上叙述部分引述自橘王子粉丝专页，Facebook 搜寻：橘王子——尿布甩尾的每一天。）

那时候看到橘王子照护人分享的文字，我深深觉得毛小孩跟人类小孩真的没两样，很爱撒娇，明明会的事情，但是只要现场有人能帮忙，绝对装傻到底。毕竟享受宠爱，真的真的真的是很幸福的事情呀！

那天来聊的贵宾犬奶油，也让我觉得它跟橘王子有一点点雷同之处。

照例，照护人给我照片前，我不知道任何关于奶油的信息，连是公是母、几岁都不知道，因为我不想被主观判断影响动物沟通的直觉。

我问奶油："照片里你的身体下面铺着尿垫哦，你身体哪里不舒服吗？"

奶油："我觉得我最近都大便大不出来，很不舒服，很难大便。"

照护人："因为它的下半身瘫痪了，下半身都不能动，所以真的很难大便，我看它都是快大出来又缩回去。"照护人忧心忡忡地说。

我："为什么可以大出来又要缩回去？"

奶油："因为没力气啊，没力气啦，我没力气大便。"奶油语气骄纵，这种语气好熟悉，我怎么感觉很常听到？对啦，就是我们家 Q 比，奶油说话的方式真的跟我们家 Q 比一模一样。

我："奶油，那你记得你为什么会瘫痪吗？"未等照护人说明，我想要听听奶油自己的说法。

奶油："我也不知道，我突然之间就不能走了。突然间哦！我也觉得很奇怪，我为什么突然间不能走路了。"奶油语气困惑，它的语气真的很有天降横祸的莫名感。

照护人："对，奶油是因为脊椎骨刺压迫神经导致瘫痪，所以真的就像它所说的，忽然之间瘫痪，不能动了，但距离医生说可以开始复健的时间已经过了两星期，它应该可以走了才对，但它都不愿意复健。"

我："所以今天最主要是想聊这个对吧？"

照护人："对啊，因为它不大愿意自己走，可是它真的可以走了，是真的。"

我："奶油，你可以走了耶，你要不要试试看自己走路？"

奶油："大家都说可以，但我觉得不行啊！那是因为你们有撑住我！我不行啦，真的不行！而且我不是后脚无力哦，我是前脚很没有力气撑起来的感觉。"

照护人："对，真的就是这样！它就是现在后脚其实有力了，但前脚有点撑不起来的感觉。但它明明前几天就靠自己的力气坐起来，它少来了！我们都有一直夸它好棒好棒，可是它就是不愿意靠自己。我每次都有在后面扶着它，但其实我的手只是靠着，根本没怎么施力，都是靠它自己的力气站起来，所以它真的可以，是它不相信自己。"

我："就像学脚踏车那样吧？后面的人明明已经放开了，骑车的人还觉得有人扶着就很安心，但一旦放开就吓傻，立刻摔跤，其实是自己自信心的问题。"

照护人："没错没错，它现在就是很像学骑脚踏车，问题不是不行，是对自己没有自信！"

我："奶油你觉得现在的生活还好吗？开心吗？"我想要引导奶油自己说出想要再跑跑跳跳这种愿望来帮助它建立自信心，或是引导它想要自己主动走路的欲望。

奶油："我觉得现在每个人都很关心我，很棒！不像以前，有时候大家都在家却不理我。现在大家都很爱我，所有人都好照顾我哦，我好喜欢！而且姐姐还躺在地上跟我一起睡，这点也很棒。然后现在吃的东西也不错，饲料旁边都有白白的肉丝，那个好好吃哦，我想要只吃那个肉丝就好。"

坦白说，奶油说话有点骄纵，又会点自己想吃的东西，真的不大像个瘫痪病人，感觉它的心情真的没有受太大影响。

我："那你有想要去哪里吗？"

奶油："我喜欢去那个很大片很宽广的灰色地板那里，我想在那里自己跑来跑去，我最常去那里了。"

照护人："我知道它说的是我们家附近的公园，我都有抱它去那里呀，但它想在地上跑跑，就要自己努力走路啊！"

奶油："不行啦，我不行。"

我跟照护人都说："你真的可以啦，相信我们，你真的可以自己走路了，真的！"

奶油："不行啦，我不行……"（以上无限循环300次。）

那天我跟照护人说，我觉得奶油真的是自信心的问题，希望今天的沟通能稍微帮它重建自信，但我想给它多一点时间，它一定会进步的。

没想到四天后，照护人就传来奶油"尝试自己站起来"的短片。

我认真地看着影片中的奶油努力勇敢地站起来。

奶油原本身体侧躺，它努力地扭动身体，扭动身体后，旋即躺姿转正。

转正后，奶油像刚生下来的小鹿一样，努力挥弄摆舞四肢，最后再努力往上一撑，前脚撑起身体了！坐起来了！

坐起来后奶油再接再厉，后脚也直接站起来，并走了两三步。

影片中，可以听到照护人全家都用中乐透般的语气不停狂夸狂赞美奶油："哇，好棒棒，好棒棒！好厉害，好厉害！"看着影片，不夸张地说，我都快要落泪了，因为感受到奶油真的很努力很努力想靠自己的力量再站起来，也感受到家人对它的关心与心疼。短短几秒的影片，洋溢着满满的勇敢与爱，还有关心。

我很感动。

不知道那天的沟通，我跟照护人的精神喊话奶油听进去几成，但是能够再站起来，我认为还是奶油自己的勇气功劳最大。

后记：十天后，照护人又传来奶油后腿撑着辅助轮，到那个"很大片很宽广的灰色地板"跑跑的影片，影片中阳光满溢，照护人牵着兴奋的奶油，开心地前进着，完全是美梦成真呀！

不吃饭饭的蔓蔓蒋

蔓蔓蒋是只好美好美的布偶猫，蓬松的毛发，天空蓝的双眼，是个光看照片就会让人融化并直呼"好美哦"的"小美女"。

但蔓蔓蒋有个毛病，就是不爱吃饭。

"问过许多医生了，但查不出具体的原因。也有医生说再这样不吃东西，要用灌食，但偏偏蔓蔓蒋很不配合，每次灌食它都像泥鳅一样在我身上扭啊扭的，就算灌进去它也吐出来，真的让人不知道怎么办。"蔓蔓蒋的照护人忧心地说。

"它不吃饭就放着好了，它饿了总会去吃呀！"对毛小孩教育偏铁血政策的我回应。

"其实是因为蔓蔓蒋有先天心脏病，先天不良的前提下，它这样不吃饭又后天失调，很怕一个不小心就要提早去当小天使，所以真的不能这样纵着它不吃饭，但问许多医生又问不出原因，真的是要被它急死！"从照护人的语气完全可以感受到她的心焦，只差没跪下来求蔓蔓蒋小祖宗多吃两口饭也好。

"嗨，蔓蔓蒋，我可以跟你聊天吗？"我先跟蔓蔓蒋打招呼。

"我很漂亮对不对？大家都说我很美！"蔓蔓蒋一上场就自信发言，我立刻有种这场沟通恐怕很难轻易达成任务的不祥感。

"蔓蔓蒋，听说你都不吃饭啊，可以告诉姐姐你为什么不吃饭吗？"我换上温柔大姐姐的口吻问蔓蔓蒋。

　　"我不是不吃饭，我会吃的，只是吃两口就够了，从以前到现在都是这样的呀！"蔓蔓蒋讲话口气娇滴，尾音还会上扬。

　　"它说它哪有不吃饭，只是吃两口就够了。"我转达给照护人。

　　"对啦，它不是'完全不吃'，是看心情，心情好就多吃两口，可是只吃两口，也是很危险啊，哪有猫咪吃饭只吃两口的！"照护人听到蔓蔓蒋的回答彻底崩溃。

　　"你要多吃饭呀，不然身体会不好，会死掉！"我试图跟蔓蔓蒋讲道理。

　　"哪有！我不吃饭还是很好啊，你看我现在吃一点点还是很好啊，哪会死掉！你骗我！"蔓蔓蒋讲话持续飙高尾音，我感觉自己的血压也在飙高。

　　中间不管怎么试图将蔓蔓蒋引导到吃饭的话题，它都有办法绕开："大家都觉得我很美，哥哥也觉得我很美（哥哥是家中另一只阿比西尼亚猫，名唤五灯蒋），所以一直舔我，来家里看见我的人也都会说'你怎么那么漂亮那么美？'"

　　坦白说，一直听一只猫正事不谈却不断谈论这些内容，我都快捏碎玻璃杯了。我内心想着，蔓蔓蒋如果是以前高中班上的女生，我一定带头欺负她啊！

　　"那你不吃饭，就要你'麻麻'用针筒灌你食物喔，这样你也可以吗？"我态度和语气稍微强硬了一点。

"我很讨厌，但是'麻麻'很喜欢！"蔓蔓蒋慢条斯理地回答。

"我喜欢？我喜欢？我喜欢把自己关在浴室里一小时，坐在硬邦邦冷冰冰的地板上抓泥鳅？"照护人听到蔓蔓蒋的宣言几乎崩溃。

眼看沟通完全陷入僵局，我想着这场对话根本被蔓蔓蒋耍着玩没出路，不行，我要想个办法。

我想着，蔓蔓蒋还太小（兼幼稚）不理解"不吃饭会死掉"的生命威胁，也不能理解没食欲为何要逼自己硬吃，那就只有找出蔓蔓蒋在乎的东西才能和它谈判了。

"蔓蔓蒋，你可以跟姐姐说你最在乎什么吗？"我诱哄着蔓蔓蒋回答。

"我最在乎的就是我'麻麻'跟我哥，我'麻麻'在家走到哪我就跟到哪，我看不到她就会好紧张好害怕，我一定要看到她才安心！"哼哼，毕竟是小孩子，问什么都会老实说，这下知道你的软肋在哪了吧！

"那姐姐跟你说，你很爱很爱'麻麻'对不对？"我开始我的诱导大计。

"对，我最爱'麻麻'，最爱的就她！"蔓蔓蒋大声回应。

"我跟你说，可是'麻麻'不知道你很爱她，我们人类表达爱意的方式就是'吃饭给对方看'，吃一口，就是爱一下。"

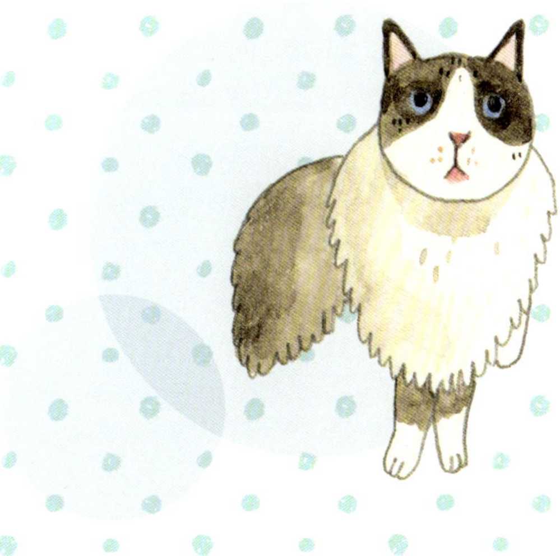

"吃一口，就是爱一下吗？"蔓蔓蒋好像听进去了，好，再接再厉！

"对喔，我们看你吃一口饭，就知道你很爱我，再吃一口，又知道你跟我说爱我一次。你只要让你'麻麻'看到你在吃饭，她就会知道你很爱她了哦。"虽然骗蔓蔓蒋有点良心不安，但这是为了让它多吃几口饭，我不断这样说服自己。

"好啊，那我回家尽量多吃几口给我'麻麻'看！"我完全没想到蔓蔓蒋会一口答应，这真是太高兴了。

有了蔓蔓蒋的口头承诺，我跟照护人约定回家观察一阵子再跟我回报。

其实我对公主病蔓蔓蒋抱的希望不大，我想着，勉强多吃几口，就算是任性公主的恩德了吧。

没想到隔天晚上，照护人就发来信息："大神，给您报告一件十分神奇的事！蔓蔓蒋今天一直上演吃饭秀给我看，时不时就去吃两口！虽然只是吃两口，但吃不停耶！我感动到'水龙头'又坏了！"

一周后，照护人更回报："大会报告！'公主病'胖了100克！可喜可贺！可喜可贺！"

我从事动物沟通以来不曾欺骗人或动物，蔓蔓蒋是唯一的例外，但我想能换得这样明显的效果，也算值得了吧。

攻击犬

亲戚的法国斗牛犬叫做 Bacon（培根），有攻击行为，朋友跟我约了时间，希望 Bacon 获得改善。

跟 Bacon 沟通后，它说："因为小时候，'爸爸'打我打很凶（询问后知道是为了管教它，非虐打），我发现就是要这样凶，才可以让人停手。"当下我观察出这已经是成长经验造成的个性行为问题，沟通能起到的效果不大。

道理就像辅导室老师很难靠一场诚恳的对话，就立刻劝戒不良少年变成优等生一样。

环境造成的问题行为，要靠环境改变才能导正。所以我请照护人转诊动物行为专家，请动物行为专家针对这只法斗与照护人的情况，设计全新的行为相处模式，这样才可能从新的生活经验和环境中产生新的个性行为。

我非常不赞成当狗做错事，如乱便溺、咬东西等时候用责打来教训，但很多人在教育狗的时候会有"我就是要比它凶，它才知道我是老大，才会服从！"的观念，可你必须认识到的一点是：你不可能打赢狗。

为什么？因为它可能真的会因为恐惧你的愤怒，害怕到极点，完全失控而真的往死里咬，但你很难真的把它往死里打，因为我们都会怕自己如果真的用蛮劲，会出现打断它的肋骨之类无法挽回的伤害。

就算这次它占下风，这个回合结束，它可能会学习到：下次，我要更凶更狠才行！

注意，你在学习经验，狗也是。所以较劲到最后，很多时候，怕痛缩手，输的是人类。

于是狗狗容易有"原来我就是要这样凶，这样狠，你才会怕我，才会停止我害怕、讨厌的行为"这样的经验。人类是经验法则的动物，猫狗亦然。几次以后，甜头上瘾，你的狗自然学会用愤怒攻击来处理所有一切不顺它意的事情。

一旦狗狗出现攻击行为，我建议停止一切威吓狗狗的行为，例如打骂或用报纸卷起来打地板发出巨响恐吓，并立刻寻找宠物行为专家咨询协助，避免情况陷入恶性循环，越演越烈。

续聊攻击犬

我时常收到信，请教该如何叫流浪狗不要攻击流浪猫，许多爱心妈妈长期照顾的流浪猫惨死在流浪狗嘴下，她们想请沟通师利用沟通请流浪狗停止这样的"残忍行为"。

我必须要说，这时的攻击行为是狩猎，而不是所谓的"残忍行为"。几只流浪狗围捕一只流浪猫，这画面是否很像狼群出击打猎？狩猎是一种天性跟本能，就像狗会猎猫，猫会猎鸟，如何叫猫不猎鸟，叫狗不猎猫，我觉得这是相当有难度的。

我也曾经有个个案，是照护人会固定让家中的猫咪到顶楼阳台玩，但猫咪总会捕捉麻雀进家门，更糟糕的是不知道它将麻雀藏在哪，搞得全家都是异味也找不到可怜的麻雀大体在何方。

"能不能请它别再抓麻雀了！当前纪录20只，我们家真的不缺它报恩呀！"照护人几乎崩溃地写信给我。

把屋顶门关起来不让猫出去，又怕它无聊到得忧郁症。也试过在猫咪脖子上绑铃铛，可猫咪不知是否天生神异，平常走路都有清脆的铃声，但打猎时却可以开静音，依旧成功猎捕。

记得那次跟猫咪沟通后，它理直气壮地说："这是最好玩的游戏了，为什么不能玩？"我依稀记得，当天努力沟通，也只能要求猫咪："至少不要咬死，猎捕到就让鸟飞走。"

后来去信询问照护人有没有改善，照护人苦笑着回我："这两天又抓了一只回来……"（崩溃扶墙。）

请狗不猎猫，请猫不要猎鸟。动物沟通在这样的狩猎行为面前，真的是完全无用武之地。

续谈猫的狩猎攻击

猫会抓鸟，当然也会抓老鼠，而且很会。

Sunny 原本是流浪猫，后来算是定居在照护人家，可是偶尔还是会狂抓窗抓门，要人放它出去玩。后来演变到，就算人可以铁石心肠不放，家里的一只六岁柴犬 Sammy 也会偷偷帮忙开门放它出去。因为如果不给它出去，Sunny 会抓门并且一直叫，叫到世界尽头，搞得柴犬 Sammy 不得不妥协做帮凶开门放 Sunny 出门。

Sunny 定时出去玩耍，偶尔带打猎到的"礼物"回家，而且聪明的 Sunny 还知道要放在照护人必经之处，所以有一次照护人早上刚睡醒，一开门，就睡眼惺忪地光脚踩到死老鼠……

那次沟通的重点是："可以不要再抓老鼠给我了吗？"

没想到 Sunny 回："可是那是因为我很爱他啊，那是我特地送给他的。只是有一次我把最美味的头吃掉了才给他。"

我："你有收过无头老鼠哦？"

照护人："对……那次真的很崩溃。而且它都放在前门口、后门口，还有我的椅子下。"

我："所以是必经之处还有常待之处就是了。"

照护人："对……可以请它不用再送了吗？"

我："Sunny，他想跟你说，我们真的不需要吃老鼠，所以老鼠真的不要再送了……"

Sunny："他不喜欢吗？可是我还挑特别大的给他哦……我送他是因为我最爱他，最喜欢他，他为什么不喜欢……"Sunny语气带着极浓厚的受伤失望感。

我："Sunny好像很受伤……因为特别准备给你的礼物你不喜欢。"

照护人："它很受伤吗？那就继续送好了，那就继续送好了，那就继续送好了（急到连讲三次），我再想办法自己清掉。"

我："Sunny，他很高兴收到你的礼物，只是我们人类不常吃老鼠，想要表达爱他，就跳到他身上，给他摸摸很久，他就知道了哦！还有，我听说你们猫咪送人猎物，是看不起对方，觉得对方没有狩猎能力，是真的吗？"

Sunny："没有啊，我送我打猎到的老鼠给他，是因为我最喜欢他！最爱他！所以想把最好的送给他！"（有点像求偶或交朋友的心情。）

许多人说猫咪无情，但是我却陆续听过非常多照护人回报，常喂的流浪猫会在门口放壁虎或老鼠做谢礼，或者猫咪会送死蟑螂或金龟子给自己。

在粉丝团聊这件事，一堆人热情分享他们家猫咪的美好报恩，蟑螂、老鼠、小鸟都还算正常范围，最特别的是网友Elisa Yu-Chin Lin分享他们家院子的流浪猫大白送的高雅品味豪华大礼：

　　"我家住山上，妈妈平常都有喂后院流浪猫的习惯，有一天早上我姐发现一只漂亮的白鹭鸶'平躺'在后门口！一开始姐姐还怀疑白鹭鸶会不会是睡着了，因为那只白鹭鸶真的太美太洁白了，但后来才想到不可能呀，因为白鹭鸶都是站着睡觉的啊！之后我妈妈才说应该是常喂养的大白送的礼物。

　　"这次事情后，我们全家才知道我妈常常收到大白送的礼物，我妈说她还收过小鸟、青蛙、蚱蜢等礼物，说她觉得很窝心，但这次的白鹭鸶整个羽毛完好无缺就像个礼品一样，真的是大白特意为我妈准备的 LV 等级的豪华大礼啊！"

　　哎呀呀，这真是甜蜜的负荷，美好的喵星人的报恩呀！

害怕水晶灯

我们家有一个约 170 厘米高的水晶立灯，不开灯的时候伫立在那，单是映照着日光也是道华丽的风景。开灯的时候，水晶灯的女王风华完美而霸气，晕黄的灯光从一个个小小的水晶柱折射出来，绚烂夺目，耀眼气派。我们家的人都非常喜欢这个水晶灯，来访的朋友也特别夸赞它。

不过 Q 比却非常非常非常害怕水晶立灯中小水晶柱互相碰撞发出的清脆"叮当"声响，只要水晶灯因为风或者擦拭而晃动，Q 比绝对会立刻躲藏到最黑暗最拥挤的角落瑟缩发抖。

竟然怕水晶灯清脆的碰撞声音？很奇怪对不对？我也觉得很奇怪。当我第一次发现 Q 比有这个状况的时候，我问它到底在怕什么。

Q 比惊恐地回："很恐怖很恐怖很恐怖，只要那个灯摇晃，有那个声音，就代表有很恐怖很恐怖的事情要发生了！"（疯狂乱窜的样子。）

我："水晶灯摇晃怎么会恐怖？哪有什么恐怖的事情要发生？"我满脸问号跟疑惑。

Q 比："有啊有啊，你也觉得很恐怖啊！"（几乎尖叫回答）

我？我也觉得很恐怖？我觉得水晶灯摇晃很恐怖？听到 Q 比的回答，我发誓，我真的完全听不懂它在说什么。

此时此刻，我非常懂平常照护人在听到他们家阿喵阿狗荒谬发言时的一头雾水。我对自己说，冷静冷静，Q 比这么说一定有它的理由，我需要好好参透一下它在说什么。

但我想了很久（这个很久大概有半年那么久），都想不透 Q 比的意思。而且我越问 Q 比，我越是听不懂。

我日常想到这件事的时候，会随口问 Q 比一两句，它的回答都非常玄妙：

"你都抱着我看水晶灯，很怕那个灯会晃动。"

"你都一脸紧张地看水晶灯，有晃动你就很害怕。"

"是你觉得很恐怖，我才觉得很恐怖的。"

"你就很害怕啊！"

天啊，完全听不懂，而且完全没印象 Q 比所指为何！

听不懂的那段时间，因为找不到病因无法根治，我也只能尽量不让水晶灯晃，不让电风扇吹到水晶灯，或者擦拭水晶灯时把 Q 比先隔离到房间不让它听到那个声音。

我非常消极地试图让 Q 比跟水晶灯共处。

我也曾想过用制约训练，例如，听到水晶灯摇晃声等于有肉干吃，但每次一要训练，Q 比听到摇晃声就好像天要塌下来了，四处找地方躲藏，看了实在让人不舍（如果不是家人力阻，我可能早就把水晶灯送人了）。

无预期地，谜底揭晓的那天来了。

那天，我七歪八扭地躺在沙发上看电视，Q 比躺在我旁边睡觉，画面一派祥和，但突然地动山摇——地震了。

原本没骨头般烂软地瘫在沙发上的我瞬间坐正，下意识的第一个反应是看水晶灯。我立刻紧张地转头看水晶灯有没有摇晃，以此来判断是自己头晕还是真的有地震。

因为太害怕要逃命的时候找不到 Q 比，所以我迅速把 Q 比抱起来，然后前去查看水晶灯，确认水晶灯真的在摇晃之后，我立刻紧抱着 Q 比奔向我家大门，把大铁门打开，以免门框因为地震变形导致无法逃生。

最后，我紧抱着 Q 比直到地震停止。

等地震过去后，我恍然大悟：Q 比很怕水晶灯，真的是因为我的缘故。

我因为地震产生的一连串反应动作，把内心深处对地震的恐惧直接延伸给它。它不知道我在怕什么（奇怪，动物不是应该会对地震这种自然灾害很未卜先知吗），但它聪明地知道，我是先去看了水晶灯，确认摇晃以后才立刻开始恐慌。

所以 Q 比小小的脑袋判定：这一切是"因水晶灯而起"。它自然而然发明了全新等式——水晶灯只要摇晃就等于天要塌下来了。

　　我之前以为 Q 比在跟我乱讲，没想到这一切都是真的，这一切都是它对我的细微观察。而这些我没放在心上的小动作，却深远地影响了 Q 比的身心状况，对此，我感到非常不可思议。（跌坐在地。）

　　破案之后的日子，我总是口头跟 Q 比说摇晃声没什么好怕的，真的不恐怖，搭配手拨弄水晶柱，然后又是换来 Q 比的一阵乱窜。

　　我想着，要 Q 比不要怕水晶柱的摇晃声也许就像要我不要怕地震一样吧，毕竟它现在对水晶灯的恐惧，是扎扎实实地复制了我对地震的恐惧。如果一个简单的地震反应，可以这样直接地让 Q 比对水晶灯摇晃产生恐惧，这又可以带来另一个延伸思考：那我们平常的情绪状态，又有多少直接延伸到毛小孩身上？毛小孩是否像海绵一样，吸收了我们所有的焦虑、愤怒或恐惧，并再向外在世界反应发出？

　　总之，关于水晶灯，我上了很重要的一课，那是关于毛小孩与照护人之间情绪互相感染的实证。而水晶灯呢？因为无法反向制约训练 Q 比，现阶段，也只好继续我们不要惊动到水晶灯大人的共同生活了。嗯，你们谁有兴趣要跟我收购水晶灯？

毛孩子联机时的初反应

许多人都会问我，毛小孩知道你可以跟它们说话，有没有很惊讶？其实每个毛小孩的反应真的不一样。

沟通前，我都会请照护人帮我先跟毛小孩预告两三天：过两天会有个姐姐，代替爸妈来跟你聊天，有什么话都可以跟她说哦！先有预告，毛小孩有了心理准备，沟通也才较好进行，道理就像没有小孩会热情响应陌生人的搭讪一样。

毛小孩联机时的初反应，大概分成以下几类：

◣ 高姿态型 ◢

骄傲不说话，解套办法是要先问照护人它最喜欢什么，切入去问。

例如："听说你很喜欢吃东西啊？那你跟我说你喜欢吃什么，我帮你跟她（此处泛指照护人）说，她回家就会弄给你吃哦！"

通常要这样才会打开话匣子。猫居多。

◣ 友好响应型 ◢

（大部分毛孩子是这反应。）

"要跟你说话吗？可是我不知道要说什么耶！"

◣ 抢麦克风型 ◢

"你们谁要先跟我说话呀？"（看着两只猫的照片。）

“我我我我我我！我先！我有好多事情要讲！我！”然后一开口就开始疯狂大抱怨别的猫室友。

事业很大型

“就是你要跟我说话吗？我妈一天到晚一天到晚每天每天都在讲！快把我烦死了！原来就是你哦！快点，我们赶快讲一讲啦。”

不相信型

“我妈一直说有人要跟我说话，我以为她是骗人的……没想到是真的……”（不可置信的语气。）

疑惑型

“为什么你可以跟我说话……？”

山大王型

“你去跟他们说，那个咖啡色的一条条的肉，咬起来脆脆的，不错，可以多来一点。”

“你去跟他们说，散步要再久一点，现在这样，太少了。”

▸ 省话一哥型◂

"嗯"，"喔"，"对啊"，"应该吧"，"就这样"，"我不要"。

▸ 劈头吐槽型◂

"你跟他们说不要再一直讨论要不要带只狗回家跟我作伴了！我不需要！"（记得是只短毛黑腊肠。）

"这外出笼的垫子有够难踩！我脚都痛了！不信你们自己进来踏踏看！"（白兔。）

▸ 怕生型◂

"一定要跟你讲话吗……可是我好怕跟人接触哦，可以赶快讲完结束吗……"（语气害羞懦弱，记得是只黑猫。）

▸ 造反心虚型◂

"你是要来骂我的吗？"（你最近到底是做了多少亏心事？）

你觉得你们家的会是哪一型？

在家都在干吗

几乎每个照护人都会共同提出一个问题：我们不在家时你都在干吗？毛孩子的回答也各式各样、千奇百怪。

▶ 大多数型 ◀

"哦，都在睡觉啊，不睡觉要干吗？而且你也太晚回来了吧……"（下删 2000 字的抱怨。）

▶ 神秘型 ◀

"不要，我为什么要告诉你？"（八成没好事。）

▶ 心虚型 ◀

"哦，没有啦……没干吗啊，你要知道这个干吗？"

▶ 玩乐型 ◀

"我喜欢找各式各样高高的地方跳！平常你都不准的，我会找各种地方上去玩！"（多发于幼猫。）

▶ 觅食型 ◀

"一直闻地上呀，尤其那种小格磁砖的地方（厨房），常常会发现很多好东西！"（多发于狗，各式各样的狗。）

▶ 不知死活型 ◀

"我会跳上桌子找东西吃哦！还会跳上床跟沙发！在你回家前再跳下来就好！"

▶ 骚扰室友型 ◀

"一直去找 ×× 玩啊！可是它都不陪我，一直睡觉好无聊哦！你可以叫它不要那么爱睡觉吗？"

▶ 被室友骚扰型 ◀

"拜托你叫 ×× 放过我……我好想睡觉……"

▶ 苦守寒窑型 ◀

"我一直在等你啊，一直等一直等，天亮等到天黑，等好久你都没回来……"（哭音。）

▶ 穴居型 ◀

"黑黑暗暗窄窄的地方最棒，最安心了。'麻麻'不在家的时候我就去找各种这样的地方躲起来睡觉。"

▶ 警卫型 ◀

"趴在门口！一有声音一定要叫一下才可以，不然他们不会怕！"（就是这样才被管委会投诉的啊……）

▶ 琼瑶型 ◀

"看窗外啊，窗外有好多会动的东西，好有趣，我喜欢窗户！"

你觉得你家的会是哪一型？

想要推车

这天聊的美惠是一只有点骄纵的马尔济斯犬，它的怪癖是很不爱自己走路，出去散步都要人家抱。

"我就很喜欢他们抱我啊，外面很多大声声音很恐怖耶！要抱我到一个空旷的地方，我才要下去跑跑跑。"美惠娇嗲着说。

"你特别爱被抱，身体有不舒服吗？"我之所以会提出这个问题，是因为很多小型犬都有后腿膝关节不好的问题，我担心美惠会不会其实是腿不舒服不能走太久。

"没有啊，我就懒得自己走。"美惠最后还给我拖长音。

"那你为什么特别爱要小姐姐抱？"

"因为别人带我出去，坐在地上很久他们也不理我，可是小姐姐只要我坐一下就愿意抱我起来，她超好的。"

"所以你要抱抱不是身体不舒服或腿不舒服？"我再次确认。

"没有啊，我只是不想自己走。"美惠的语气有点不耐烦了。

"啊，对了，还有，我想要这个！"（丢推车画面。）

"推车！你想要推车！你怎么会知道有推车这种东西！"我完全感到不可置信。

"因为我有一次出去散步的时候，看到两只狗在这个东西里面，高高的，我都在地上矮矮的看它们。我觉得这样好棒哦，好舒服的样子，我也想要这样可以吗？我也想要这个！"

美惠讨推车的语气，十足十像极了百货公司儿童楼层随处可见央求着要爸妈买玩具的小女孩。

"好……姐姐做沟通师这么久第一次听到狗狗许愿要推车的……虽然很荒唐，可是姐姐还是会忠实地帮你转达，没问题。"

后面陆续又听美惠点菜，想吃的东西好多好多，想要的摸摸也好多，照护人姐妹俩都笑闹着答应了美惠。在快结束前，我问美惠还有什么话要说，原本以为又会是一堆想吃的菜单，没想到美惠突然说了一句："你可以帮我跟她们说我很爱她们吗？"

啊，这句话出来，我跟照护人心都软了。以为是个骄纵的小公主，没想到是个小甜心来着。

照护人感动异常，还嚷着说回去要把美惠的愿望都补齐，于是当天晚上我就收到照护人来信，说已经上购物网站下订单了。有这么深爱你的照护人，美惠你真的好幸福啊！

三冠王姆姆

照护人带家中猫咪来找我聊天的原因，除了想排除掉一些极端分子，如四处欺负家中其他猫咪，或是莫名食欲低落等，通常聊天主题不外乎三件事：鬼叫，凌晨叫床，乱尿尿。

不夸张，每只猫一定都会中标一或两件，更有甚者如本篇要聊的姆姆就是三冠王，三件全中。

鬼叫，顾名思义就是莫名原因的鬼叫，从街头叫到巷尾，从大门口叫到后门口，饭也喂了，厕所也清了，水也换了，也陪公子小姐玩要一轮了，但就是叫——不——停。

凌晨叫床，就是天还雾蒙蒙一片，天还没亮，闹钟还没响就开始大叫，务必把你从沉睡梦乡惊醒，通常有时要陪玩，偶尔是撒娇讨摸，大部分则是要放饭。

乱尿尿，嗯，需要多作解释吗？（苦笑。）

姆姆是只超可爱的橘白猫，是照护人在大学时期喂养的流浪猫，喂养一年后，姆姆在一次寒冬中重感冒住院，照护人才终于收编，正式命名为姆姆。殊不知这是照护人甜蜜又痛苦的命运的开始……

姆姆的第一个习惯——鬼叫。

照护人和几个室友一起住，如果照护人在家，那它就四处乱窜；如果照护人周末需要回老家，姆姆通常就会留在房间内度过周末。

但它完全无法甘于一猫在家，要是听到房门外传来动静或是有光从门缝透进来，知道室友在家它就开始大吵大闹要人家放它出来玩！（好啦，其实也算是合情合理的行为。）

幸好后来也就在室友的包容下安然度过了，但之后照护人因为要搬家到小套房，她真的非常担心姆姆会故伎重施，不断地在门内要屋外路过的其他陌生房客帮忙开门，造成大家的困扰。（已幻想被房东恐吓搬走。）

跟姆姆聊后，它慢条斯理地回复我："只要她到哪里都先跟我讲就好了啊！不然她好不容易回家，我好不容易看到她，她又出去怎么办？我好怕看不到她！"

照护人听到后立刻妥协，而且说："Leslie你快跟它说，我向它保证无论我去哪，无论是出门或是洗衣服、洗澡，一定会事先告诉它，让它知道，请它不要大声叫，这样会吵到人家好吗？"

我转达以后，姆姆只淡淡说："好啦，我会试试。"（感觉很不靠谱啊，这小子！）

姆姆的第二个习惯——乱尿尿。

照护人说，刚开始姆姆出现乱尿尿的习惯时，还一度以为它身体出了什么状况，紧张地带它去看医生，但是结果身体一切正常。

那阵子猫砂都没换品牌，但姆姆就是会一阵一阵地乱尿，尤其周末如果隔夜没回家，回来一定会看到一摊尿渍或未干的尿在它的落砂垫上。

我问姆姆为什么要乱尿尿，姆姆的答案居然是："厕所很臭啊！大便很臭，我不想进去！"而且姆姆还强调："有时候（周末）她会一整个晚上都不在家，我实在太讨厌脏厕所的臭味了，才会尿尿或大便在外面。我想问，如果她不回家，家里可以给我三个厕所吗？"

照护人这才回想起自己的确都是两天才帮它清一次厕所，但当下也承诺姆姆"厕所有臭味"这件事情，一定会努力帮它改善。

好，我们来到姆姆的最后一个习惯——凌晨叫床。（我和照护人忙着谈判，完全已挥汗如雨。）

照护人问："哎，你为什么早上都要吵我，可不可以不要那么早？"

姆姆立刻快"猫"快语地说："我已经有改了啊！现在我都有等到天亮哦！"

照护人顿时语塞："啊……好吧！硕士班那时候它真的都半夜两三点吵，但是问题是虽然天亮了但我的闹钟还没响啊！"

姆姆："可是那个东西（指闹钟），会一直叫一直叫一直叫一直叫，好吵好吵，你怎么都不会起来啊！我会担心你怎么都不起来，会不会死掉了？好恐怖哦！"

照护人："拜托！我真的没有让闹钟一直响啦！这简直就是诬赖！

Leslie 我跟你说，我其实是不想让姆姆将'吵我'和'吃饭'连结，想要装作我不受姆姆影响不要给它响应，期待那样它就会自讨没趣默默停止。没想到被姆姆误以为我怎么了！原来它这么爱我！"听完照护人对姆姆的响应，我内心这时候已完全觉得照护人有被虐倾向无误。

我当下就跟姆姆说："她没事，你不用担心。"结果姆姆给我做出一副不置可否的死样子，说："才没有，她就不会起床，就要我叫她她才会起床。"

后来照护人跟姆姆约定好，她早上会跟它说："我很好，没事。"如果她这样说，就再让她睡一会儿，别吵她了吧。

所以，三冠王姆姆的鬼叫、乱尿尿、凌晨叫床的谈判记录到这里告一个段落。让人开心的是，平常猫咪谈判一两项都还不一定有进展，或是只有一项有进展，姆姆因为很爱照护人，竟然三项都有所改善，真是太神奇了！

以下为照护人回信记录：

鬼叫

一直到现在，我已经搬进新家半个月了，其间我洗澡、去顶楼洗衣前一定会跟它说，甚至有时候它在喝肉汤喝得正爽，我说，姆姆，妈妈要去干吗干吗，它停下来然后回头看我，好像就是它知道了那样！而它真的都没有大声嚷嚷，它真的很棒棒！它有把我的话记在心里！

乱尿尿

现在，我每天都会把它的臭便便捞起来冲进马桶，还给它的厕所装了抽风扇！根本就是超高级厕所啊！大概是真的不臭了，姆姆满意了，搬进新家半个月了，家里都很清爽哟！

凌晨叫床

当姆姆又在闹钟响前叫我，我会跟它说我很好我没有事，可是我好累哦！可不可以让我再睡一下，闹钟响我就起来，然后给你肉汤喝好吗？

说也奇怪，它现在真的就只是吵一下，然后等自动喂食器掉下干干（饲料）吃饱后，它甚至回床上跟我一起继续睡，直到闹钟响再一起起床！我整个得到了救赎啊！超级感动的！

写到这，我想这应该是我人生第一次跟三冠王猫咪聊天，还三件事情都谈判成功了而且有所改善的纪录吧。只是跟这样的三冠王聊，真的太伤脑细胞了，偶尔一次就好，不要太多可以吗？

我不会说话

我一直都很纠结于自己是个很不会说话的人。

睡前总是在反省，今天 A 说的那句话的弦外之音，我怎么现在才意会过来？

那时候 B 在聚会场合这样的反应，是受伤了吧？我怎么没想到帮她圆场？

不夸张，我的每一天每一天，都活在这样的纠结反省中，觉得自己不够细腻，不够了解别人的立场，不够懂事。

而这样的我，竟然是动物沟通师，专门翻译不同物种的语言，有时候觉得这是上天挺有趣的安排。而通过动物沟通这个工作，我总在边翻译时边暗地里羡慕着毛小孩们的直言坦率，还有它们那种想什么就说什么的个性。

有位朋友家中有七只猫咪，其中一只三花猫 Kiki 这阵子身体不大舒服。虽看过医生，但 Kiki 仍然食欲不振，而且还爱躲在衣柜里面大半天不出来。聊一聊后，Kiki 竟抱怨家中的另一只猫咪小橘，说："我躲在衣柜里不想出来时，叫小橘不要一直来偷看我好不好！"

朋友听了会心一笑，说："因为我和小橘'两人'的确是家中最常去偷看衣柜里的 Kiki 的。"

我转头问小橘："为何要一直偷看 Kiki？"

小橘直朗大声地说："我担心啊，你们难道都不担心它死在衣柜里？"

　　我迅速地转达后，看到朋友夫妻俩神色一震，立刻抱歉地说："对不起，我应该要修饰一下再跟你们说的，猫咪真的太直白了。"但朋友夫妇俩却连声说："没关系，这就是我们家个性直白的小橘会说的话。"

　　"而且啊……"朋友喝口茶继续说，"小橘的童年其实有过创伤。小橘和它的'麻麻'一起在我家楼下生活了一段日子，但有天却发现'麻麻'突然死在车子下面，很黏'麻麻'的它因此暴瘦且忧郁，好一段时间才恢复，一定是这样的经验让它成为家里唯一担心死亡的猫吧？其实想来也挺感伤的。"

　　我内心震惊了一会儿，我完全没想到小橘的直率发言背后竟藏着这样哀恸的故事。后来因为家中还有五只猫要聊，这个话题没有持续太久，我们又回到攻防 Kiki 不肯吃饭的话题上。

那天沟通得很顺利，回去后猫咪们也各有进展。

但我前面说过了，我就是每晚睡前都会按惯例回想一整天发生过的事情，再来好好自责的人。（根本有病。）

我那晚想着朋友立刻理解小橘坦荡发言的个中原因，并立刻谅解。我想着，也许够了解你的人，真的不会在乎你会不会说话。他知道你每一句话的含义，知道你说与不说的在乎或贴心，知道你用字遣词的每一个仔细。

我想着，是不是我不够信任我的朋友对我的爱，所以我总会担心自己说错话使彼此的关系生刺？如果我够有安全感，是不是也能像小橘这样畅所欲言了？

我是不是该学习信任朋友，放下无谓的不安全感跟无意义的小心翼翼？

我是不是该学习信任身边的人，坦荡荡发言而无需在心里上演100个小剧场？

想着想着我就睡着了，我知道，第二天醒来我还是那个说话前担心自己说错话，说完话又因为失言自责的自己。但我想，我可能透过动物沟通，透过小橘，又了解了一点点自己恐惧的源头。

希望明天可以做一个更好的自己，一个更不害怕说话的自己。

到底原因是什么

朋友 W 也是位动物沟通师，她说话贴心细腻，有一份做得开心的正职工作，所以动物沟通是她偶尔的兼职。有次吃饭，我们互相抱怨最近遇到的毛小孩与难缠的照护人时，她跟我分享了一个有趣的故事。

"我前阵子遇到两只猫很有趣，它们是兄弟，但是都会乱尿尿，搞得照护人快崩溃，只好求助于动物沟通师。"

"可是问题是，它们聊什么都可以，吃的喝的玩的，还有抱怨彼此什么'这个爱弄我''才没有它才爱咬我'之类的，但是一聊到乱尿尿，它们就好像说好一样，不回答！不回答！我当场很尴尬，很想给照护人一个什么答案，但是又不能自己瞎掰，真的很尴尬！"W 边说边喝口水，看来真的被这两个死小孩搞得头痛。

"那先聊别的话题试试看，等一下再兜回来呢？"我想着要是我就会这么做。

"没用，没用！两个小孩很精，讲什么都热热闹闹噼里啪啦，但就是讲到乱尿尿就给我开静音，当时真的很崩溃。"W 摆摆手一副没辙样。

"那后来怎么办？就这样结束这场对话吗？照护人应该很不开心吧？"我完全可以想象照护人想解决的问题却无法解决时面色铁青的样子。

"其实还好，那位照护人可以体谅，因为聊其他事情都很顺，而且都跟现实情况很对应，她也有获得其他有用的信息。只是当时针对

乱尿尿这件事情实在没招，我也只好跟两只猫说：'你们要乖乖的，这样乱尿尿，大人真的真的真的很困扰。尿尿就要在猫砂上知不知道！'就这样结束这回合。"看来 W 真的已尽全力。

"结果奇妙的是，过了一阵子，照护人竟然回信给我。她说，自从沟通以来，双猫已经很久很久没有乱尿尿了。相较之前疯狂的状态，现在真的稳定很多。虽然沟通的时候它们没有给解答，但是总而言之，莫名其妙地问题还是解决了。"W 一口气说完，我却在旁笑到快岔气。

"所以它们不愿意讲可是耳朵却开着的，根本就是叛逆青少年啊，摔门归摔门，可是话还是有听进去！咦，怎么讲一讲突然觉得好温馨哦。"我笑着说。

"事情解决了是很开心，可是我还是很想再跟它们联机，跟它们说：'我求求你们跟我讲到底是为什么乱尿尿好不好！'实在太想知道答案了，好想跪求解答！"

W 到此完全崩溃。

"有些事情就这样吧，一辈子也不会知道答案，但事情解决了就好，哈哈哈哈哈哈。"我拿起酒杯跟 W 干杯，后续改聊其他趣事。当时的我很庆幸双猫不是我碰到，但没想到，命运的吉他不是这样弹的，没多久，我也碰到类似的事件……（沉重的背景音乐缓缓响起。）

事情是这样的，沙瓦，对，就是上一本书提到的那只不肯在家里上厕所的伯尔尼山犬沙瓦，这次又来了。但这次的问题是，沙瓦的照护人生妹妹了，它最新狗生志向就是假装看不到妹妹。这搞得它照护人很困扰，而且很担心沙瓦因此感到失宠得忧郁症。

沙瓦一到宠物咖啡厅现场，就大摇大摆地走进来，一度还没看到我，忽视地走过去。后来跟我正眼对到后，它摇摇尾巴，跟它亲热一番之后，我开始进入正题。

我："听说你都欺负妹妹对吗？"

沙瓦："哪有！我才没有！"

照护人："明明就有！它都不让妹妹靠近它，连摸一下都不可以！"

沙瓦："哪有！我明明就有让她靠在我旁边！"

沙瓦："叫他们不要再把妹妹整个抱到我身上啦！"

刚抱怨完妹妹，它开始抱怨伙食。

照护人："你真的很小气啊！为什么妹妹碰过的食物，你就不要？你不是很爱吃吗？"

沙瓦："因为她吃过有怪味！我不要吃！"

照护人："那为什么我吃过，你就愿意吃？"

照护人解释：沙瓦很坚持妹妹吃剩的它绝对不吃，但如果是水果类的，同样一块，照护人咬过再分给它，它就可以接受。

沙瓦："你跟她又不一样！"（非常明显地在排挤妹妹。）

我："那妹妹多给你饼干吃，你多喜欢妹妹一点好不好？"

沙瓦："好啊，但是我吃完就不理妹妹。"

沙瓦："对了，她有一个东西很好吃，白白的，脆脆长长的。"

照护人："那是米饼，上次沙瓦有趁妹妹转头的时候偷吃妹妹拿在手上的米饼。"

我最后问它想跟妹妹说什么。原本以为会是什么感人的话或是怒吼"不要靠近我"，没想到沙瓦想了一下，停顿一阵说："你的食物，就是我的食物。"

那天的沟通，整个感觉沟通师的功能就是帮沙瓦解气舒压的，就是听它抱怨妹妹，抱怨伙食，抱怨不开冷气，抱怨这抱怨那，抱怨一切！

所以坦白说我并没有期待它会因此接纳妹妹，我想着：这种事情也勉强不来的吧，小时候我姐跟我的感情也不好啊，长大应该就没事了。万万没想到，命运的吉他不是这样弹的！（这个梗是要用几次？）

沟通后一周，照护人回信：

嗨，Leslie，沙瓦这礼拜对妹妹的接受度突然增加，除了礼拜一有对妹妹不屑地喷气（大力到鼻涕都快喷出来），之后居然可以接受妹妹摸它，还有躺在同一张沙发上！我都要流泪了！我立刻拿出鸡肉，捧着它的脸大肆夸奖加打赏！

我那时想，应该是偶然吧？我还想着沙瓦应该是被它爸妈孝感动天，愿意多陪妹妹一会儿讨大人开心，所以我在回信中戏称：就称今日为孽子开眼日吧！

没想到再过一周，照护人又写信来，这次信中直接附上一张孽子，哦不，是沙瓦跟妹妹一起"兄妹情深"躺在床上睡觉的照片，照护人写道：

我要流泪了！昨天妹妹不舒服，它还跳到沙发上面闻闻它妹，我整个一把抓着它的脸夸奖，还打赏了它爱的土司！

老实说我也很感动，但我现在完全可以理解我朋友 W 那时在电脑屏幕后的疑惑。

为什么啊？不是抵死不从吗？为什么啊？沙瓦你可以告诉我你的心路历程吗？为什么啊？当初不是这样讲的啊！（满脸问号。）

总之，生命有很多的不可预测，动物沟通也是。

动物也有想讲的事情跟不想讲的事情，我猜大概沙瓦上次动物沟通时有被它照护人重视它跟爱护它的心感动了吧，所以才愿意接受妹妹，亲近妹妹。

也只能这样解释了啊！不然呢？沙瓦，恭喜你孽子转孝子，转型成功啊！（超级胡乱的结论。）

波此的猫生良伴

"听说，罐头是 1801 年发明的。" "嗯。"

"而开罐器直到 1858 年才发明出来哟。" "……咦？"

"所以啊，有些非常重要的东西，其实是后来才出现的呢！"

——日剧《最高的离婚》

身为一个长时间在家和猫大眼瞪小眼的猫奴，其实对自家二猫的性格多少还算能掌握，只是大概被栗子（之前的猫）和妮妮和乐融融的相处模式给宠坏了，现在看妮妮每天跟柚子追赶叫嚣练拳头练得不亦乐乎，总是抱着一点卑微的希望，想好好给它俩沟通和解一番，说不定可以放下"屠刀"，化暴戾为祥和。结果劳动了 Leslie 居中协调老半天，我发现果然自己还是太天真了……

因为这两位就是雷打不动的 SM（英文 sadomasochism 的缩写，意思是虐待和受虐）咖啊！

比如说，声称妮妮好凶好可怕的柚子君，被问到为什么常常在浴室这类退无可退的地方鬼吼鬼叫，明知道这种叫法妮妮一听就会冲进来堵它不是吗？结果柚子很理所当然地回："啊，我就好无聊嘛，这样那个恶婆娘就会自己进来陪我玩了啊！"

比如说，半夜人类都在睡了，不要打得惊天动地扰人清梦可以吗？妮妮怒曰："那种鬼时间我早就在房间里睡着了，是那个白痴逼我起来揍它的！"二逼小柚则继续理所当然地说："啊，我就好无聊嘛，人类都睡着了没事做，可是我睡不着啊！不 call 那个胖子起来玩，那我要干吗？"

又比如说，放在阳台角落的猫砂屋是它俩最常开战的地方，打也就算了，可是妮妮开始养成很讨厌的习惯，一听到柚子上厕所拨砂的声音就跑去守在猫砂屋旁来个瓮中捉鳖，猫奴还得亲手去把胖妮捞走，不然柚子不晓得会被堵在厕所里多久，然后顺便把屎尿块踩得惨不忍睹……

问妮妮，这样很讨厌，可不可以以后不要了？"可是那个时候堵它最好玩啊！为什么不行？"（猫奴：……）

问柚子，妮妮这样会让你不舒服吗？"还好啦！有时候大到一半就被堵比较麻烦，不然这样也是蛮有趣的啊！"（猫奴：……）

所以，我们家的双猫生活继栗子和妮妮之鹣鲽情深之后，上演的戏码似乎是傲娇熟女与二逼青少年的 SM Happy Life（虐待与被虐的幸福生活）。

猫奴的心中，顿时有如一阵秋风扫落叶，无比凄凉……

如果说人到中年有何长进，大约是，年少时无法理解为何莉香如此苦恋烂人完治（日剧《东京爱情故事》男女主角），现在看《最高的离婚》则觉得任何爱情的形式皆自有其脉络，凡存在皆合理。

　　所以每次看柚子冲着妮妮叫嚣，然后如愿被追打得满屋乱窜，我就觉得好像看到那种家暴夫妻，动手的固然是男人，可是女的却总爱牙尖嘴利地大喊："你打我呀打我呀！你有种就打死我呀！"

　　一次两次，会觉得这是什么烂男人；五次八次，旁人只能沉默以对；几十次如是而不已，那，似乎也只能说，也是有这样的爱情的啊！

　　这次动物沟通的另一个主题，是想确认这两只猫究竟能不能在大人不在家时彼此和谐相处。因为之前清明连假时，帮忙来家照顾猫的亲戚临时晚归，而柚子新来乍到，没有现场交接完成，我实在无法放心，所以干脆地直接送去动物医院住宿。

　　而接猫回家时，这小子在摩托车上便怒吼了好一阵，看起来是相当的不爽，而自己在家清净的妮妮竟不知怎的声音都哑了。眼看之后总还会遇到人类长时间出门的问题，究竟两位阿猫想要被怎么处理？

　　柚子少爷："在那边一直被关着不能出来讨厌死了，连平常吃的罐头在那鬼地方吃起来都好难吃，我不要再去了！不过就是要自己看家然后没罐头只能吃猫粮跟自己喝水嘛，在家里我可以！反正我真的饿了就会去吃去喝呀，你干吗要担心这个？我要留在家里啦，有那只凶妮妮在我比较开心！"

　　妮妮公主："你们都没有跟我说一声就全都消失了是怎样？你们知道我到晚上就很害怕，一间间房一直找你们一直叫吗？天气又热，

我担心得猫粮都不想吃了！我好怕你们是带着柚子走掉不要我了！下次？还有下次？不能不要出远门吗？我不要自己看家啦！要的话至少把那家伙留下来，这样至少我不会那么孤单那么怕！"

是是是，一切都是我庸人自扰找麻烦，自以为这样安排你俩爱吃的有得吃，爱清净的乐得清净，对不起，我——错——了！（已跪。）

下次我一定会让虐恋情深的两位厮守在一起的，拜托你们要好好相处好好看家啊，然后要记得多喝水好好吃东西！不要一个软便一个便秘，或者是尿不出来或者肾指数乱飙啊……

印象综合起来，我们家的二逼青少年果然就是一副欠修理的样子，跟它说妮妮以前对（已经离开的）栗子可是很温柔的，一起睡觉、互相理毛之类一样不缺，难道不想这样和平温馨地生活吗？结果青少年非常鄙视地说："哈？那不是小猫才爱这套吗？人家都这么大了干吗要人帮我舔毛？"（想到我们家的小孩十年后大概讲话也是这么欠揍，我都没力了。）看来恐怕要等这位春风少年的青春期狂飙完，自我认同发展告一段落，我心目中温馨的家庭生活才有机会实现吧。

只能自我安慰说，至少猫的青少年期应该比人短很多，先适应一下也不坏，不然人类青少年讨厌的荷尔蒙爆发可是有好多年，到时候是要怎么活哟！

关于已经离开的栗子。

傲娇的女王殿下则是比我原本所想的还要纤弱许多，一开始讲话一点都不坦白（传说中会避重就轻的宠物都是真的啊），后来怒了聊开了才开始大爆发。

尤其问到栗子过世对它有什么影响时，Leslie 骇笑说，我被猫骂啊！它骂我问的这什么鬼问题啊，是不知道它可是过了好久好久才比较平复一点哦！（搞不好其实骂得更难听吧，可是谁会了解殿下这么脆弱的心啊！）然而聊到栗子过世的那晚，妮妮说，它好担心好恐惧，只能在黑暗中独自不停绕着栗子团团转，那个场景又让人忍不住对它的深情心疼起来。

很认真地觉得，来过我生命中的毛孩子，每个都是很棒的好孩子，栗子如此，妮妮、柚子也如此。而它们在彼此的路上，是否也是对方的良伴？柚子才来不到两个月，或许两者间的尖棱砂砾有还有待磨合，但，时间还很长，所谓重要的足以堪称命定的那种相信与爱，我相信还是会慢慢成长起来的。

这次借 Leslie 打开的那扇窗子，让我发现，家里那两只打得满地生尘的家伙其实已经奠定了不错的感情基础，嗯，很好很好，让我们就这样继续看它俩打下去……

From Leslie：

许多朋友生一个小孩已经七荤八素，日子热闹得不得了，但他们几乎十有八九，总有勇气再拼一个。我总是惊讶地问："照顾得来吗？怎么会还想再生？"他们的答案十有八九都一样："想让他／她人生永远有一个伴。"

我想对照护人 Kuri 来说也是这样的，妮妮一直以来都有栗子的陪伴，骤然中年丧失猫生伴侣，其忧郁阴沉可想而知。

而家庭新成员柚子的加入像一抹阳光一样，它闹妮妮，它缠妮妮，但它也爱妮妮，也绕着妮妮。

妮妮似乎也因为这样有精神了起来，打架吵架，是新生活的主轴。

希望柚子跟妮妮在彼此猫生道路上，也是彼此的良伴。

PS.1 跟妮妮和柚子聊天是一年前的事情，听说现在两位已经会窝在一起睡。妮妮最近凤体微恙，躲在窝里休息的时候，柚子还会前去舔舔表示安慰。

PS.2 白底虎斑是妮妮，虎斑是柚子。

（本篇由 Kuri 撰写，并获同意刊出。）

兽医聊动物沟通

朋友的朋友 F 是兽医，一次咖啡厅的聚餐，把我们凑在一起。

F 性情爽朗，讲话逻辑清晰，笑声极富感染力，是个极真性情又聪明的女生。

那天她没穿医师袍，我也没在联机，都不在"开机"状态，我们几个一人一壶茶，叽里呱啦地聊着毛小孩琐事，从流行犬种聊到遗传疾病，再从遗传疾病聊到自制鲜食。有毛小孩的人聚在一起，就跟有新生儿的母亲聚会一样，有聊不完的话题。

"其实我还蛮想了解动物沟通的，如果能让我信服，我也会想去学学看。"F 啜一口茶后朗声说道。

"真的吗？我还以为你们兽医对动物沟通都很不信任。"其实我知道，用"不信任"三个字描述，恐怕都还客气了点，我觉得准确点来说，应该是很嗤之以鼻吧。

"因为最近越来越多客人会参考动物沟通师的意见后来问诊，有时候其实会有些很神奇的对应处。所以会让我觉得，如果动物沟通是真的有用的话，我也想去学，想用在工作上。"F 神色认真，看样子她是认真的，不是客套话随口说说。

"那你会想怎么用？开刀的时候问猫咪这样会不会痛吗？"我看 F 神色认真，就坏毛病犯了又想开点无聊玩笑，撑不起太严肃的场合是我的罩门。

"当然不是啊！是毛小孩不舒服的时候，直接问它们是哪里不舒服。"看来 F 是真的有认真想过学动物沟通对临床治疗有什么帮助，才可以立刻回答得那么清楚，直指核心。

"可是毛小孩就跟小孩一样哦，你问它'哪里不舒服？'它也只能回些'肚子痛痛的''腿怪怪的'，不大可能可以获得'横隔膜往上约莫 3 厘米'这种精确的答案。"我怕 F 把动物沟通想得太神，所以着重说清楚毛小孩的答话逻辑。

"唉，可是这样就很够了，真的。有时候诊疗中会真的搞不清楚毛小孩现在是什么状况，完全的！完全找不着头绪。血也验了，X 光也拍了，能做的都做了，但就是查不到，这时候如果有个具体的区域可以去追踪，真的就会帮助很大了。"看来 F 果然是第一线的，她讲的事情我从没想过。

"哎呀，我是希望，如果有天能像小儿科问诊小孩一样，直接跟毛小孩问诊，就真的是太棒了啊！"F 说这话的时候眼睛几乎闪出星星，我想她是真的期待有这样一天。

"那你有体验过动物沟通吗？"据我所知，F 养有两狗一猫，皆高龄。

"有啊，可是那一次，对方只讲对一件事情，其他都跟现实有点出入，所以感觉有点不确定。"听到这里，其实我有点佩服 F，即使她体验过的动物沟通经历不是极佳，但还愿意相信动物沟通。

"那你要不要试试看跟我约，我来跟你们家的毛小孩聊天？"我超级想给 F 一个良好的动物沟通体验，让她信任动物沟通，我内心这样呐喊着。

"好啊好啊好啊，哎，我还有买你的书耶，当然好啊！"F 兴奋地回答。

于是我们当场约起了下次见面的时间。

那天很快到来，坦白说我跟 F 的橘猫红豆联机前是有点紧张的，甚至有种背水一战的决绝感。没办法，我太想说服兽医相信动物沟通这件事了。

没想到 F 的红豆先是说自己最近最爱吃猫粮跟肤色的肉，但 F 已经很久没给猫粮，就连肉都是给红色的生肉。之后我问红豆家中长怎样，家中的格局如何，红豆也答得七零八落。绝望之余我苦着脸问："请问我可以先跟狗聊天吗？"

F 欣然同意后，我转战另外两只狗——黄金猎犬 Shuffle 跟米格鲁犬 Bennie。

也许是狗较老实，也许是狗高龄，个性较成熟稳定，总之，黄金猎犬 Shuffle 完整说出房间格局，米格鲁 Bennie 也完整无误地说出客厅格局。

家中毛小孩各自叙述跟其他毛小孩互相对应的关系也是正确的，Shuffle 黏爸爸，觉得 Bennie 很凶；Bennie 容易为了争宠暴怒，只要人类，其他动物都不要；红豆则是活在自己的世界里。

我这才落下心中大石，顺利完成这次沟通服务。

那天回去后隔几天，F 回信息给我补充："我今天跟我同事聊动物沟通的过程，他们有几个默默地说，他们在我不在时，有偷偷喂红豆吃猫粮。还有几次，他们把生肉加热变熟了，所以你才会看到肤色的肉，但也有可能是鲔鱼，红豆很爱。"

恍然大悟。这样一开始我们听不懂红豆说的话就说得通了，至于空间表达七零八落，我想，红豆可能是属于空间感不好的小朋友吧。

后来 F 陆续询问我一些关于动物沟通的自学书籍，也有来听我的讲座，也搜寻相关课程，并且私信找我讨论。

后来我也有帮 F 的兽医同事做动物沟通的服务，似乎，也让他跟动物沟通拉近了一点距离。

动物沟通啊，希望未来真的可以跟兽医合并，造福毛小孩。

我衷心期待这天。

毛小孩的神回复

与动物沟通时，照护人经常会抛出长期让他百思不得其解的问题，而毛小孩却能三言两语就立刻解决，而且还很有道理。

我常觉得，原来，从毛小孩的角度看世界，一切都是如此理所当然。

例一：喜欢哪位医生？

猫咪因为身体有些状况，照护人就顺势问，比较喜欢哪位医生？细心的照护人还特地先上网做功课，把两位医生的照片存在手机里给我浏览后传给猫咪。

没想到猫咪骂："我哪知道他们谁是谁啊！我每次去都被按压着动都不能动，这两个我看都没看过，谁知道他们到底谁是谁！"

这样一说真的很有道理啊，而且就算抬头也是一阵强光（检查用聚光灯），更不可能看到脸长什么样，所以不知道谁是谁真是很合理啊！

例二：睡枕头的原因

我："为什么你每次睡觉都要睡爸妈头上，跟爸妈一起抢枕头？床很大啊，试试看睡别的地方好不好？"

三花长毛猫妹妹："因为睡这边才不会被踢到跟打到啊！"（理

所当然。）

这真是一语道破天机啊，是个无法驳回的神理由啊！

例三：奔往电梯的理由

我："你为什么那么喜欢在'麻麻'一回家刚开门的那一瞬间往外面溜，在电梯口溜达？"（是封闭空间，大家别担心。）

玳瑁长毛猫跳跳："因为人都出门在那里待好久，好久好久好久才又进门来，我想知道那里到底有什么好玩的啊！"

完全可以理解，它们不知道离开电梯后会到达地球表面。

例四：不舔毛的原因

我："为什么你现在都不舔自己的毛，帮自己洗澡？"

橘猫 Tilly："因为……舔自己好累哦。现在觉得我的身体变得好大，要整个舔完好累哦，以前舔一下就舔完了，现在都要舔好久才舔得完，好累，不想舔。"

照护人："难怪你以前都会帮自己舔现在不会了，原来是体型的问题啊……"（恍然大悟。）

美丽的误会

大型犬 Eddie 有时会有突然的扑击行为，虽然已经进步很多，但是驯犬师还是建议出门时帮 Eddie 戴嘴套以避免发生意外，并持续训练。

照护人问："它知道戴嘴套是为了不让它咬人吗？"

Eddie："我不喜欢戴嘴套啦，但是戴完都会有很多好吃的东西吃哦，所以我可以忍耐。"

我："戴完嘴套有东西吃？怎么可能啊！它是不是误会什么了？"

照护人："哦……（了然于心貌），因为我们都是带它去中正纪念堂散步，散完步后会去两厅院前的咖啡厅坐下吃东西，那时候就会脱嘴套，然后会挑一点我们点的比较不咸的食物给它吃。"

照护人："嗯，那可以跟它说这跟那没有关系吗？"

我："我刚刚跟它说，它回我：'就是会这样啊！戴完嘴套就有好东西吃！'"

想一想，我们自己好像也是这样吧，以为应该要导向 A 的做法，结果却莫名奇妙地导向 B，而且完全是神发展无法预料的。

可是虽然导向另一边，却也有另一番好风景哦。

就像虽然 Eddie 以为戴完嘴套就有好东西吃不是我们想要的导向，但这个结论也挺不赖的，至少能让 Eddie 对嘴套多一点好感。

那就当是个美丽的误会吧！

从自己改变

　　如果说动物沟通带给我最大的感受是什么，那我想答案一定是：与其要求别人改变，不如自己先改变。

　　也就是把主控权放在自己身上日子才会好过。

　　为什么会有这番想法？其实是照护人给我的灵感。（苦笑。）

　　许多照护人在动物沟通时，会提出许多让我内心很崩溃的请求，诸如：

　　可以请它不要再乱翻垃圾桶吗？我内心吐槽：那你垃圾桶为什么不收好或是换有盖的垃圾桶？

　　可以请它不要再偷吃我们桌上的剩菜吗？那对它很不健康。我内心吐槽：你食物不吃也不收好怪谁？

　　可以请它不要再在我们吃饭的时候在旁边讨食吗？我内心吐槽：那是谁一开始喂它养成这个习惯的？

　　家里厨房角落的蟑螂药有毒，可以请它不要乱吃吗？我内心吐槽：我可以求求你放高一点收好吗？

　　毛小孩就像小孩子，小孩子乱爬乱吃东西，怪谁呢？当然是怪大人没收好没看护好啊！

　　同理，毛小孩乱爬乱吃东西要怪谁？当然是怪照护人没收好没看护好啊！

　　要求别人改变很简单，但成效往往低，因为你控制不了别人，但如果反求诸己，自己先改变的话，往往局势的改变迅速又有效，有机会的话还请诸君务必试试看呢。

不过有些事情，是毛小孩真的完全没有要改变的意愿，那时就真的得靠人想办法来改善。比如奶油贵宾犬蹦蹦的问题有两个：不愿意洗澡（会被美容师退货那种）跟坐捷运或高铁会高声鬼叫。

先谈不愿意洗澡，当时一沟通它就说很烦很讨厌。

我说："不管啊，一定要洗澡，那你要给谁洗？家里的爸爸、姐姐还是外面的姐姐？"我现在都走这种坏阿姨路线，这是我从之前与害怕剪毛的 Sake 沟通中学到的谈判手段。

它说："我想给家里的人洗，如果一定要去外面的话，可以让我看到他们吗？看得到他们我会比较安心，可以配合！"

照护人整个吓歪，因为原本以为照护人在旁边狗会比较不安跟想撒娇，所以都会刻意放下就走。听到我的转述后，她说："好吧，那我们之后会选可以在外面等它让它看到的宠物美容院。"

之后照护人换了一家宠物咖啡厅附设的有透明橱窗的宠物美容室后，蹦蹦可以透过透明玻璃看到在外等待的爸爸妈妈，果然安分很多。照护人那时回信还附上蹦蹦安分洗澡的照片跟我说："蹦蹦在小春日和先洗洗看，目前看起来不错！我会继续观察它的！谢谢你！"

至于不愿意坐车，蹦蹦就情绪非常激动地对我吼道："我就很想

出去很想出去很想出去很想出去啊！"

　　我："唉，这个好像真的无法沟通，它就是给我很激动很想破车出去的感觉，整个精力炸裂。"

　　照护人："是哦，那怎么办……我之后要带它坐高铁去高雄……"

　　我："那你要不要从长计议，假设你高铁是下午 1 点，你就从上午 10 点开始带它出门散步之类的，狂累它，不准它睡！把它电力榨干再上高铁！"（完全跳脱沟通范围，走粗暴路线。）

　　照护人："好哦，这是个好主意……"

　　结果呢？结果超有用啊！

　　照护人后来回信：

Dear Leslie：

　　耶，我成功地带蹦蹦坐高铁去高雄玩回来了！使用累昏它的战略。哈哈哈，整天在公司就一直逼迫它不准睡觉，它打瞌睡就叫起来（虽然有点于心不忍）。去的路途上，跟它一起坐在车厢外的走道上，中途只有一点哀哀叫，不过安抚一下就好了。回程也是一样。真的太感谢你了！

　　所以啊，这就是我说的，与其想改变狗，不如有时候改变自己的做法，见效最快啊是不是！

Q 比是流氓

　　Q 比有个习惯，就是当我在沙发上用笔记本的时候，很爱来讨摸。不摸它就会不断用头撞我的手，搞到"民不聊生"。

　　以前跟它说："现在不要，现在不行。"它有时候还能明理走开，但有时候会一直用鼻子蹭我的手，要我摸它。

　　后来我学乖了，它来讨摸的时候会给它一根大肉干，它就会带着肉干"远走他乡"，不管是找地方藏还是慢慢享受，我都可以争取到不少写稿时间。

　　但是最近它意识到"来讨摸"等于"大肉干"，所以好声好气对它晓以大义的时代已经结束，现在就是要有大肉干它才会放过我。

　　现在想想，这根本就是收保护费的概念啊！ Q 比你这个小流氓！

PART *2*

毛小孩的心思 你不懂

惊慌情绪

家里有毛小孩的人应该不难发现，毛小孩很容易被我们的情绪感染，也常常会有人说："我家的猫狗，特别容易被吓到。"

而在所有的情绪里面，最容易感染的情绪是"惊慌"，只要人类惊慌，动物一定跟着联动。

猫咪可能立刻躲到暗处嘶嘶叫，胆子小的狗可能也躲到暗处发抖，胆子略大的狗可能开始吠叫，为什么惊慌这么容易传染？因为对动物来说如果周遭的动物惊慌，这是最重要的逃生警报。

以羚羊群举例，如果有一只羚羊突然惊慌乱窜，你最好也立刻不迟疑地跟着乱窜，因为窜得慢了点下个丧命的可能就是你。"跟着惊慌"对动物来说，是求生机制很重要的一个设定，因为那很可能保它一条小命。

那一阵子我经常在思索这个问题，很有趣的是，那时碰巧遇到朋友邀请我去听狗教官西萨（西萨·米兰，美国最有名的狗行为专家和训犬师，探索频道《狗语者》节目主持）来台湾的演讲，意外发现他也提出类似的想法："狗直接受到照护人能量的影响，它们需要稳定而平静的能量。所以一旦照护人紧张或愤怒，狗会直接感受到或是直接被传染，且显示在外在行为上，如吠叫、攻击、兴奋等。"

那天的现场示范，如果是西萨牵狗，狗就乖顺异常，但只要还给照护人牵就作威作福难搞又麻烦，吠叫，兴奋，蹦蹦跳跳。

西萨说："对狗来说，不同的人就是不同的能量，它们直接受能量的影响。意念诞生情绪，情绪诞生能量。"他也强调，狗所有的问题行为源自不安全感，不安全感带来恐惧，恐惧带来愤怒，愤怒带来攻击。所以照护人需要给狗带来稳定平静的气场，让它安心。

接触动物沟通以来，我觉得狗与猫和人类的幼儿有一个非常明显的共同特征：对人的情绪、气氛，感受非常强烈与敏感。试想一下父母吵架，不久后就可以听到婴儿哭声。为什么？因为他感受到了不平衡的气场与不安。

试试看尽量保持稳定的情绪吧，你会感受到毛小孩的改变。

饲料 buffet

许多毛小孩都喜欢把干干挑出来吃，像天女散花一样撒一地，再挑几粒喜欢的吃，徒留一地杯盘狼藉给照护人收拾。

这样的坏习惯让许多照护人头疼，但通常会有这样坏习惯的毛小孩都有一个共通点，就是它们都是吃饲料 buffet（自助餐）。它们常说："我想挑脆的吃，脆脆的比较好吃，里面有好多已经软软的不好吃，脆脆的比较香。"（估计有些饲料已受潮，所以咬起来口感较软。）

饲料放在那里吃到饱的好处是不怕自己晚回家饿到毛孩子，但缺点是容易招蚂蚁或是放久了不新鲜，导致毛孩子食欲变差。

而饲料 buffet 这件事背后还有更大的问题，就是不容易观察到毛小孩的食欲状况。

其实毛小孩若不舒服，从吃东西的情况最好观察，不吃、食量变小之类的，都是最直接的警讯。当然我们也可以观察饮食状况和排泄状况（是否吃少拉多或吃多拉少之类的），最后就是定时定量，它们也不容易过胖。

任何动物的一生说穿了就是吃喝拉撒，希望在吃的方面，大家可以帮助毛孩子做到定时定量这一点（苦口婆心）。

PS. 如果真的做不到定时定量，也至少做到饲料不要放隔夜，才能确保毛小孩吃的是新鲜饲料。跟人一样，吃新鲜的，它们才能身体棒棒啊！

猫老大

如果是多猫家庭，通常会有一个猫老大，成为老大的原因不一，通常有以下几种：

地主款：家里最早来的；

胖虎款：打架总是打赢；

佞臣款：家中最受宠。

如果是多猫家庭来沟通时，猫老大通常会最先发话，hold 住全场。我遇到过的猫老大，处理事情的风格也不大一样，就像每个主管都有自己的风格。

有的猫老大什么都爱管，下面猫咪打架打太凶也会帮忙调解。

有的猫老大专注于跟下面的小美女猫咪谈恋爱，忙着做"神猫侠侣"不问世事。

有的猫老大年事已高，什么都不管，交给年轻力壮的二当家管事。

有的猫老大勤于政事，还会时常晚上召集大家开会讨论事情，开会内容包罗万象，例如：

大家晚上玩不要太大声，不要把东西从高处砸落地上，惹爸妈不开心出来骂人。

大家吃饭吃慢一点，不要每次都把爸妈弄的饭打翻，大家都没得吃。

家里来了一个人形幼畜（婴儿），大家当没看到知不知道？不准攻击！

爸妈要接一只新的小猫回来了，小猫都很没规矩，你们谁要负责带？

猫老大不一定最先用餐，有时候反而是最后一个用餐的。"因为要先顾及其他小的。"这是一个猫老大曾跟我说过的。

如果你家是多猫家庭，辨别出谁是家中的猫老大，有什么烦恼的猫家务事，可以跟它说，它会跟下面的猫咪们吩咐（如果它尽责的话）。

家猫猫老大，风格不一，但街猫猫老大，风格清晰，一定是神鬼战士，骁勇善战，抵抗外来猫咪争地盘，抵抗年轻新猫挑战地位，抵抗野狗攻击。流浪猫猫老大个个不好惹，但它们生活一样辛苦。遇到它们的时候，不妨就近到便利商店买个猫罐头给一餐温饱吧，老大表面会很酷，但感激在心里。

猫咪挑食

前阵子跟朋友约在居酒屋聊天，东拉西扯一阵后，聊到她对家中猫咪挑食很困扰。

"坊间教狗的书很多，但面对猫，大家好像就没辙一样。"我朋友拿起小酒杯一口饮尽清酒以后大声感叹。

"对对对，你知道吗，我之前就跟一只猫聊过吃饭的事情。"我像被按到关键词的 Google 一样，立刻抓出最近一件跟猫吃饭有关的沟通个案。

"我问猫想吃什么，它给我看一堆饲料的画面，说：'最近都吃汤汤水水的，好久没有吃这个了，我想吃这个！'我还记得那只猫咪的语气整个一大爷款。

"因为这真的是蛮难得的，一般照护人都是以喂干粮为主，然后猫咪吵着要吃肉，所以猫咪说要吃猫粮我真的很惊讶。

"然后我就问照护人，照护人说为了它的健康，所以现在都是湿食了，猫粮已经很久没给。"终于讲完这个个案，我狠咬了一口酱烤饭团。

"哎哟，现在都是这样啦，猫咪真的喝水太少了，这样比较健康，这个照护人很好，知识很正确很充足啊！"朋友激赏补充。

"我也是这样想啊，所以我就跟猫说：'现在吃这个对身体比较好啦，肉很好吃啊，你要知足！'

"结果你知道吗？那猫给我回说：'什么是知足？'"

"'就是有东西吃就要很高兴的意思。'我没好气地回答它。"

"'吃难吃的，我不想吃的东西有什么好高兴的！我要吃这个啊！这个！'然后再度拿饲料画面轰炸我。"

"这局彻底落败，我就是被完败！"我用夸张语气讲完后，把手中的小杯清酒干掉。

看到朋友听完哈哈大笑，被逗得挺开心的，我又说："我真心觉得猫咪都是任性鬼投胎，它们的灵魂都是用任性做基底调的。"讲完我端起清酒壶，把朋友跟我的小酒杯都斟满。忽然觉得我们真是两个奇怪的女人，来居酒屋不是抱怨感情或工作，而是抱怨猫咪。

"哎，对了，其实我忘记之前是听谁说，说对付猫咪挑食的方法，就是不理它，完全不理它哦，就是除非它吃饭你才理它。就是只有吃饭的瞬间才摸它，理它，跟它对话，它不吃饭就漠视它。说这样猫咪就会乖乖吃饭了。"朋友一口气讲完后又再干了一杯，我开始有点担心等一下要扛她回家。

"有这种说法？"我非常惊讶。

"对啊，可是这样不理猫咪，好像也蛮舍不得的吧！"朋友好像没有很认同。

"对啊，而且我觉得，这样不就是拿爱跟关心来勒索猫咪吗？就是有种'你吃饭才能获得我的爱，不吃饭就没有'的感觉，那动物吃饭不也是'为了讨好照护人，所以吃东西'？这种感觉很不好啊，换作是我，如果是我吃东西，我妈才理我，这种感觉我真的不喜欢，根本就是破坏亲子和谐啊是不是？"我毫无顾忌地说出自己的不认同。

"而且根据我的经验，所有的动物，不管猫还是狗，如果它们获得的爱或注意力不够，它们造反的招就更多，因为它们就会有'不理我吗？好，看这样你理不理我！'的叛逆心情，那到头来还不是照护人自己来收拾？这招真的不行啦！"我越讲越觉得这招不妙。

"其实还是给动物定时定量吃东西比较好吧，我懂你的意思。"朋友很厉害，一下就能猜出我接下来想讲什么，这就是挚友啊！

"对对对，其实我觉得最好还是定时定量，不吃收起来，饿到后来就会吃了。而且我之前参加过日本兽医须崎医师来台湾开的鲜食讲座，他说动物因为生理机制跟我们的不同，所以一天不进食，对健康是没有太大影响的。

"像我们家一直都是定时定量的鲜食，Q 比有时候碰到没吃过的食物，就会给我耍脾气不吃，说'闻起来好奇怪，我不要'。我家也没有什么哄小祖宗吃饭这种事情，我就收起来啊，晚上再拿出来喂，晚上不吃，就放冰箱，隔日再战。

"最高纪录是 Q 比饿到隔天晚上就会投降吃饭了，这样子听起来虽然很铁血，但我觉得爱跟食物本来就不用划上等号，我给 Q 比食物是我爱它没错，但它吃不吃食物，一点都不会影响我对它的爱啊！"一口气阐述完论点，我都觉得自己有点太激动了。

"不过最怕有些猫，就是这样也不吃哦，抵死不从。"朋友养猫，很懂猫的习性。

"那如果是我可能就会换饮食了吧，因为长久下来真的对猫的身体也不是很好啊，每天饿到爆对身体也会有不好的影响。"

"对啊，之前我也是换了三四种饲料，才找到我们家猫喜欢的爱吃的。现在回想那一阵子真是很恐怖……"朋友带着后怕的表情回想道。

"我们真的是猫奴狗仆……"我下了结论。

"哈哈，这不是早就知道的事情吗！"朋友拿起清酒杯跟我互干，旋即说起别的话题，聊开了。

分离焦虑

很多狗或猫都有分离焦虑的问题，照护人一离开家就哭倒长城或鬼叫漫天。当然，舍不得爸妈离开，怕无聊寂寞，是最直接的原因。

但这个问题也有另一个思考角度。

在大自然的环境下，母狮不得不抛下一窝小幼狮去打猎时，一定会先把小狮藏好，因为那相对意味着一窝小幼狮将暴露在危险之中，每次出发去打猎都是一次大赌注。这时正是其他肉食性动物例如鬣狗饱餐一顿的好时机。所以对幼猫幼犬来说，家长的离开等于生死攸关之际。这样的本能恐惧是刻在基因里的。

这时候后排同学发问了："但我家的狗已经是成犬了，怎么每次我出门它还是哭倒长城？"

我们必须思考的是，因为人类豢养的关系，所以毛小孩从未离过巢，狮子、鹿、斑马等会被强迫离巢学习觅食，但毛小孩不用，所以就某个角度来说，它们一直是幼猫幼犬的心智状态。

该怎么做？我们不妨思考，该如何让一直在家自学的青少年学习独立？别忘了，我们不是要让它"不害怕"，我们是要给它"相信自己可以"的自信。

我想象，如果要让在家自学的青少年学习独立，不外乎让他建立自己的社交圈，多接触不同的外在事物，对应到毛小孩身上，可以延伸为：

1. 多带它出门社交，必要时放手让它自己与其他毛小孩练习相处，让它建立应付外在事物的自信。

（猫咪的照护人要再仔细评估跟找数据，因为有些医师对遛猫并不赞成。）

2. 多多口头灌输它，自己在家很棒，它可以自己处理这件事的。

3. 离开家前，确保家里有足够的新鲜的玩具，可以让它分散注意力。玩具平常不玩时要收起来，保持毛小孩对玩具的新鲜感。

4. 离开家前，可丢给它美味的、让它一头埋进的食物，以 Q 比来举例，是可以嚼很久的肉干，或是我出门前正好是 Q 比的吃饭时间。

5. 足够的散步或玩耍消耗精力，道理就像如果失恋的时候狂跑步，体力和精力耗尽，就会累到无法钻牛角尖。

切记，不要在出门前十八相送，并用哭腔跟毛小孩说："'麻麻'晚点就回来了，不怕不怕哦！晚点就回来了。"这样真的很像你离开家后怪兽就要打来，听起来很不妙。

冷静地、轻轻地跟它说："我走啦，晚上见！"并丢下饼干零食就好。

祝福大家的毛小孩别再苦守寒窑哭倒长城。

造反的原因

动物沟通做久了，几乎所有毛小孩会有的问题行为都聊过一轮。

乱尿尿、吠叫、攻击、舔脚、过度舔毛、破坏家具……一段时间沉淀后，我观察到这其中有一个共同的原因，就是天性使然。

别误会了，我并不是说狗或猫天生就是破坏王、麻烦精，我的意思是，是我们，是人类，要豢养毛小孩，所以毛小孩被迫离开自己原本生存的自然环境，到了完全人工的室内居家环境居住，而它们的一切天性都是搭配它们的自然环境而生的。

然而到了我们的环境，它们的习惯与天性大多数时刻是不和谐的，是需要砍掉重练的。

例如，很多狗不能理解为什么大小便要集中在一个地方，想上哪就上哪啊，自己的味道越广越好不是吗？

例如，很多猫不能理解为什么不能抓沙发，把自己的味道还有痕迹遍布在自己的生活周围，这是应该的呀！

例如，很多狗不能理解为什么不能咬家中的家具或者垃圾桶，用嘴巴探索生活环境，闻闻嗅嗅咬咬，本来就是该这样认识环境呀！

如果把它们放在自然环境，这一切都很合理，但到了我们的人工室内居家环境，这一切都需要被教育与调整。

最佳的举例场景，大概就是卡通片《海绵宝宝》里面，松鼠珊迪住在海底一个特殊的、充满空气且不会进水的玻璃球里。海绵宝宝跟派大星如果需要进到珊迪的家，都需要戴一个充满水的安全头盔才不至于干死。到一个对自己来说完全陌生的领域做客尚且如此危险，如果是直接落地在那里生活，想必更是处处绑手绑脚，各种不方便。

因为那原本就不是属于你的生活环境。

养毛小孩很快乐，但有时候我会想，为什么人类会需要夺取其他物种的婴儿来自己抚养，跟自己生活，以达到生活中的另一种快乐？

好困惑。

一个月后续写。

那天晚上我第 N 次被莫名的小事击败，我睡前抱着 Q 比在床上耳鬓厮磨，感觉多少的负面情绪、多少的优柔寡断、多少的细碎纠结，都在它的乳白色毛发中消失了。刹那间，我解开了自己上个月写下的疑问：养其他物种的婴儿来跟自己生活的目的是什么？

是希望获得爱，希望获得认同，希望被依赖，希望在这悲惨的无法控制的疯狂世界中获得一点点存在的价值。

在这个世界上，这个刀光剑影的世界，知道家中一方角落总有个灵魂无条件地爱自己，接纳自己，拥抱自己，真的真的，是如此安慰的一件事。

套句网友 Nana Lin 曾在我的粉丝页回复的留言："就算世界再险恶，我也知道我活在爱里。"

那是甚至无法用笔墨形容的感激般的存在。

诚实豆沙包

有时候跟毛小孩聊天，其直言不讳的程度甚至让我为它们捏把冷汗。我想它们都是吃了诚实豆沙包才上阵的吧……（才没有。）

以下为毛小孩的真心话大冒险精选整理：

▼ 爽当大爷组 ◢

"我都趁他们不在家的时候上床睡觉，而且我还要到那个蓬蓬的地方睡，那里比较舒服比较好睡（估计是叠好的棉被）。然后趁他们回家前再跳下来就好。"

▼ 皮很硬组 ◢

"我'拔拔'打我，我不会痛哦！我只是故意叫很大声，因为我知道这样他很快就会停止！"

▼ 撒娇万灵丹组 ◢

"你问我'麻麻'生气我知不知道哦？我当然知道啊，可是我只要很用力把我的身体靠在她身上她就好了！如果这样还不行最好就闪远一点，晚点再过来用鼻子顶她的手，她就不会气了啦！"

▼ 眼神渴望组 ◢

"我跟你说哦，我爸妈吃饭的时候，我只要坐在旁边，很认真地一直看，一直看，一直看，他们就会给我吃一点哦！"

▼ 尖叫万灵丹组 ◢

"抱抱不会痛啦！我是故意叫很大声的，因为只有这样她才会放我下来。"

▼ 秘密基地组 ◢

"所有的玩具我都藏在沙发下面哦，但你不要跟我爸妈讲，他们都会去拿走藏起来！"（好，我答应你，嘘——）

▼ 不吃是为了吃更多组 ◢

"我是故意饭剩很多不吃的，因为就是要我'麻麻'看到以后才会帮我加肉肉吃！如果我把饭吃光，她就不会帮我加肉了！"

看了这些毛小孩的内心戏，不妨对号入座，看看你们家的是哪一型。

Took a picture with Hipstamatic
at Starbucks. Bought another
Avery sticker project paper to print
more stickers : 8

猫咪，晨型人训练器

最近沟通发现好多猫咪都会在早上作死，而且手法不一，以下是几种类型。

哭倒长城型

以一种孟姜女哭倒长城的气势，荡气回肠回旋不已，喵——呜——喵——呜——无限拉长音，尾音还会颤抖，不明就里的邻居也许还会以为又是哪个下流胚搬家把猫留在原地，殊不知只是周末睡得久了一点，猫就饿到穿肠肚仿佛没有明天。

饿疯的浩克

四处毁坏东西，仗着自己体型巨大的优势用力撞门，撞纸箱，以及把所有的一切弄倒，是的，当然包括照护人电脑桌上那个装了水的马克杯。

以一种佛挡杀佛，人挡杀人的气势，毁坏路上看到的所有东西。记得，务必用最小的力气发出最大的声音，吵死那个因为昨天赶报告凌晨三点才睡的不肖的人类。

安妮、安妮你还好吗？

看着人类张着大嘴呼呼大睡，好像还流了点口水，他还好吗？

不要怀疑，猫掌轻轻地拍下去，用一种"安妮你还好吗？"的温柔呼喊方式叫他起床。记得，只要能够弄醒人类，上完厕所在掌上留点砂与屎是必需的，这样才能给他们这些不肖的猫奴一点教训。

◤ 恶灵古堡丧尸型 ◢

啃你的脚啃你的腿啃你的被单，再不醒就舔你的头发舔你的脸，再不给食物我就吃你！啊嘶——身为照护人的你唯一要做的事情就是一、三、五勤练瑜珈，二、四、六慢跑，记得把肌肉练起来，体脂率练低一点，猫咪们的嚼劲和口感才会好，身体才健康哦。

你家的猫，是哪一种？

未卜先知安全警语：猫咪过重有碍身心健康以及照护人肋骨。

PART *3*

尴尬又温暖的职业

做大餐的日子

在日剧《家的记忆》中，男主角觉得烦闷不安时，会走进厨房为家人制作料理。

而我，我有个习惯，就是只要跟病重的毛小孩聊完以后，就会做大餐给Q比。

今天为Q比做的大餐是奶油香煎牛排。

烧得热烫的平底锅，冒出腾腾热气，切一块扁平奶油，扔进锅里滋滋作响，满室芬芳奶香。

奶油在平底锅里缓缓融化，化为金黄色汁液，我趁机把牛排放下锅，并转小火缓慢煎着，一种特有的蛋白质焦化的气息充满房间，把Q比从它的睡窝中勾起，我听到细碎的脚步声由远而近，一团白球在我的脚边绕着。

晚上刚刚聊的是之前曾聊过的黄金猎犬。我太喜欢它了，原谅我甚至不想写出它的名字，因为那样我好像要正式面对它即将离开的事实，即使我没养过它一天。

一见面没多久，照护人含着泪跟我说，医生说，可能就是这几天了。她很怕它受太多苦。她哽咽着说："前阵子在半夜的时候开刀，大量内出血。"

我想着：怎么会这样，我不是去年才跟它聊过天的吗？它不是还是个开心果、好孩子？为什么这么快就要离开我们了？我的内心焦急又痛苦。

　　所有的毛小孩，我是说我聊过的所有的毛小孩，对我来说都是认识的、爱着的毛小孩。它们受苦，它们难过，对我来说，就像是一直看护着的邻居小孩生病受伤一样，我跟它们的照护人一起焦急。

　　我问它，还有什么愿望吗？想吃什么？它说想多看看爸爸，想跟爸爸在一起。说这阵子姐姐都跟自己躺在一起睡觉，它很喜欢这样。

　　絮叨说了很多，还说了每一天它都非常开心。

　　我们没有聊太多太久，它就说自己很累了，我旋即断线，不想耗费太多它的精力。

　　毛小孩的生命远比我们想的要短，看起来风平浪静，但有时候又三两下杀得我们措手不及，忽的一声就 say goodbye 做小天使去了。我想要在它能享受的时候，尽量对它好，不要等到它浑身不舒服，不能出门了，没有食欲了，我才想起要带它去草地跑跑，做好吃的给它。

　　奶油香煎牛排起锅了，我拿刀子帮 Q 比切小块，太大块它啃不了。边切的时候，肉香边四溢着，Q 比在我脚边躁动不安地转圈，其快速的程度让我几乎怀疑它要转圈到起飞了。

　　我小心翼翼地把切细块的牛排放进 Q 比的白瓷碗，把它抱起来抚摸着它的毛发度过一些时间，因为我想等牛排放凉一些再给它吃。

　　放下碗后，看着 Q 比大快朵颐享受着奶油香煎牛排，我的心柔软得近乎悲怆。

　　真的好想多爱你一点，在还来得及的时候。

尊重这件事

做动物沟通以后，面对批评跟冤枉是家常便饭。可是我发现，很多来找我的照护人回去也要一起接受批评跟冤枉。

"你被骗了啦！"

"你一定是被骗了。"

"我没想到你蠢到相信这种东西。"

然后照护人不是懒得解释，就是为我（或为自己）争得脸红脖子粗。

其实我发现很多人是这样的，他无法忍受朋友做他不接受的事情，即使人家可以接受，可以相信。可是你知道吗，人总是喜欢把一切自己说的话和做的事情都当作是自己的延伸，如果你彻底否定他的选择，基本上会让那个人觉得自己也被否定了，会有受伤感，所以会想大声辩驳，会想说"不是这样的，你误会了"，因为人都不想被否定，都想被认同。

自从做动物沟通以来，意外地，我对朋友的态度有很大转变。朋友做了我不喜欢的、我不相信的或者我不乐见的事情，我默不吭声。因为我知道只要他快乐，我就该尊重他。

我可以不认同他，但我可以用沉默代表我对他的爱护与尊重。我不喜欢不相信的事情，说到底也只是我不喜欢我不相信而已。

就这样而已，而这并不赋予我批评朋友的权力。

都是看到温暖面

今天收到一封信，其实语句略有点直接，礼貌不足，我有些不爽，所以我请对方先去看预约须知。点了大头照过去对方的 Facebook 浏览，感觉对方是个还在念书的年轻男生。

后来对方又跟我联系，说他愿意加价，只要我愿意帮他沟通，因为他家的猫咪常常在白天他上班的时候大叫，惹来邻居抗议，恐怕要搬家。

因为手上预约都是满的，无法超载，我推荐其他沟通师给他后，也给了他一些建议，例如晚上陪猫玩消耗精力，带猫看医生，看看猫是否有不舒服。

看完他的回信后，我才知道原来这男生已经每天陪猫到三四点才睡，也带猫去看了两三个医生，但是都没有好转。

他说："没办法，养了就要好好照顾。"

他还说："已经不知道还能为它做什么了。"

我提供了一些例如在窗户外面撒米引鸟来给猫看，出门前放饭给猫吃，这样它吃饱会睡一下的小方法以后，他很高兴，说："不好意思，谢谢你，这些天为了它到处问人到处找方法，连休息时间都为它烦恼。"

我感受得到，他真的很爱他的猫，全心全意地爱。有时候觉得自己这份工作真的很好啊，可以看到人待毛小孩如己出的温情一面。

很温暖。

对动物的温柔

故事一：橘猫

在咖啡厅，我习惯坐在靠窗的座位享受阳光顺便观察路人。我看到一只橘猫，用母鸡孵蛋的姿势，躺在机车座垫上暖乎乎地睡午觉，享受洒在身上的午后阳光，很美的画面。

后来机车车主来了，是个像大学生般打扮休闲朴素的男生，掏出钥匙要发动车。

我很好奇他会怎么对待这只橘猫。

他先发动机车，橘猫醒了睁开眼睛。他试着轻轻地挥几下，像挥开云雾那样轻柔，橘猫抬着头看他。他终于出手了，他伸出双手，轻轻地把猫往旁边推，但力道不大，所以橘猫只是歪了歪身体，而且一副"干吗啦"的不耐烦样子。

后来这男生站在自己的机车旁，看着橘猫路霸，无可奈何之下，他再次伸出手，把猫往上抱起，挪到旁边机车的坐垫上，确认橘猫坐好有了安稳的新据点后，才骑上车扬长而去。

故事二：灰鸽

一个下午，我急着过巷子去吃迟来的午餐，饿得发慌，却看到一辆车停在路中央，原来因为一只鸽子停在马路上不走。车主试着再把车往前逼近，但鸽子还是无动于衷，他又试着按喇叭，但鸽子还是完全没有反应。

不敢往前走怕压到鸽子，但又不能不前进，我完全可以体会车主的焦躁。这时后方的车主不耐烦了，开始狂按喇叭。不怪他们，因为他们绝对不知道前头的车停在路上不动是为了一只停在路中央的灰鸽。

在旁边的我看不下去，走上马路，急速逼近把鸽子惊飞，交通才恢复正常。

时常在 Facebook 上看到各种对动物的残忍，但这两个故事很温柔啊，日常的，难得的，给动物的温柔。

重视说话的力量

说出去的话，具有实质的力量，如果我们都能够看重这份力量，重视自己说的每一句话，这个世界可以更不一样。

我一直以来都很重视自己在网络散播的话语，因为我知道每一句话都会形成涟漪，都有其效应。

因为我时常收到回信："看到你说要每天多鼓励夸奖自己的毛小孩，我开始每天都跟我的猫说它好美，我最爱它，它变成一只更爱撒娇的猫了，谢谢你！"

或是"被负面情绪缠绕时，总是记得照你说的方式做，我的状态很快就恢复，谢谢你！"

感受到自己的话是被看重的，是会被远方不认识的某人收在心底好好实践的，所以在粉丝专页上，我都尽量说好话，讲好故事，散播正念。

希望自己给世界带来好的影响，一直保持着这样的想法，以这样的想法为中心辐射。对家人尽量说好话，对毛小孩尽量说好话，对身边碰到的人和事以及毛小孩都尽量说好话。

我经常在宠物咖啡厅小春日和里工作，有时碰到其他客人的狗，也会小闲聊一下，揉弄几下。

有一天，毫无预兆地，我收到一封信：

Leslie，我之前在小春日和有遇到你，当时是带着我家弟弟去，你看到弟弟就说："哇，你每天都很开心哦！"这句话让我妈妈非常欣慰，谢谢你，真的。

弟弟5月2号走了，11岁，它得了淋巴癌，最后在全家人的怀里送它走的，今天火化了，心里有一丝平静，但想起它柔软的身体，还是忍不住激动。

只是想告诉曾有一面之缘的温柔的你，即使我们知道弟弟每天都开开心心，但从你口中听到这件事情，依然安抚了我们的心。

那时我偶遇弟弟，说的一句话往后成为一个家庭的慰藉，像熨斗一样抚平哀恸的心，是意料之外，也是我始料未及的。

慎重话语的力量，因为你永远不知道说出去的话会在沿途落下成为什么种子，开出什么花，结出什么果。

所以，正心正念，说好话吧。

这是影响世界最快、最好、最简单的方式了。

PS. 感到负面能量环绕自己时，深呼吸，想象自己吸进干净清澈的水，再吐气，想象吐掉混浊的水到很深的地底。如此循环数次，会感到自己内心的闷窒不见，取而代之的是干净清畅的感受。

尴尬的职业

　　拥有动物沟通这项技能以来，我几乎不曾踏入动物园这个地方，我知道是内心的怯懦让我对动物园止步。

　　我想起以前去动物园游玩时，大象、老虎、长颈鹿，在接近闭园时间时，不断地到休息的门口徘徊，我知道是因为管理员在门后准备晚餐，它们迫不急待想进去用餐，但时间没到，完全不得其门而入。我直视过动物茫然而空洞的眼神，而这些都是我还未拥有动物沟通技能时就已感受到的无奈。

　　拥有动物沟通技能后，到动物园，会怎么样呢？这答案我一点都不想知道。

　　对我来说，拥有动物沟通技能，挑战过且永远不想再涉足的领域是夜市的宠物街。一家接着一家，一只只的幼犬幼猫在玻璃橱窗里。

　　说老实话，那天可能是信号杂乱的关系，我没有听到任何声音，也没有跟任何动物有确实的交集。可是看着一只只状态不好的幼猫幼犬，病容明显，精神很差，浏览着各个店铺中不健康的幼小毛孩子，逐渐让我情绪低落，而压垮我的最后一根稻草，是我在一家店最深处看到两只号称是"豹猫"的混种虎斑猫，它们的双眼都被分泌物完全粘黏，无法睁开。

　　"当然了，你们卖相不好，所以他们绝对不会把你们放在橱窗第一排见客，只是你们的眼睛疾病，他们会好好帮你们治疗吗？你们的眼睛，还会再睁开吗？如果你们卖不出去，又会去哪里？"我内心不断地这样想着，直到我的心灵再也无法承受这样的情绪，我冲到大马路上，无法停止地大哭。

文字写到这里我都觉得自己有点太过了，但当时真的是完全无法控制自己的情绪，只是一股劲地怨恨自己的无能为力。

除了动物园和劣质的宠物商店，我想还有一个我不会涉足的地方就是海洋公园了吧。曾看过新闻说有野生海豚因为被畜养在狭小的池子里，相较于以前生活的瑰丽海底景象，而今面对的是四面空白的墙面，长期下来，海豚终于发疯不断撞墙而死。

看到被迫辛苦工作的海豚，我怕我也会情不自禁地泪崩现场。

动物沟通师啊，一个企图和动物站在同一阵线，但又同样身为残酷人类的尴尬的职业。想要挑战之前，也请大家作好足够的心理准备。

人类最难沟通

"可以每天跟动物聊天，应该很开心吧？"沟通结束后，照护人语带兴奋地问我。

"嗯……这样说好像也对，好像也不对。"我语带保留地回答。

"什么意思？"她好像很疑惑这样的工作怎么会有不开心。

"其实相对于人来说，动物是绝对弱势的一方，所以，你可以很明显看到，人对相对自己弱势的一方，会怎么用随心所欲的对待方式。"我尽量把内心很多的无奈用一句话说完。

"例如，很多人会威胁不听话的毛小孩：'你再这样我就要把你丢掉！'常常听到这样的话我都会心头一刺，我心中甚至会想着，他是不是小时候也常常这样被父母威胁，所以现在以此来威胁毛小孩。

"例如，曾有个阿姨领养米克斯幼犬，但后来幼犬长到快1岁，又活泼又好动，导致常常晚上开门回家以后，要面对一片狼藉的家。

"其实幼犬精力旺盛好动，对身边的环境充满好奇和兴奋是很正常的，可是这对朝九晚五的上班族来说很麻烦，所以她就选择出门时把狗关在笼子里，等下班回家才把狗放出来。

"这样就延伸出很多问题，例如，狗的厕所是笼子，所以狗一旦放出笼子，就不愿回笼子上厕所，因为怕又被关，所以直接导致随地便溺。

"例如，狗的脚因为长期压在笼子铁条上会痛，我提出问题后，阿姨说：'因为铺地垫狗会吃掉。'那问题就是因为狗太无聊啊！方寸之间，不吃地垫要干吗？"

我看到对面的照护人脸色开始凝重，我想她开始能理解我说的"动物是弱势的一方"。

"其实应该是早上出门前先带狗散步一小时，消耗它的精力，然后把家里都收干净，尽量不要让它有咬东西的机会。

"关狗对她来说是最方便的做法，但却是最伤害狗的做法。可是她没有用别的方式消耗狗的精力跟好奇心，只想请动物沟通师'叫狗不要爱咬爱闹，要乖乖去定点大小便'。说实话，我真的不知道我该怎么叫一个1岁幼儿不要满地乱爬跟把东西塞进嘴巴里，这是天性啊，这个年纪就该这样不是吗？"

讲着讲着我情绪有点上来了，其实没必要跟这个照护人说这么多的，难为她了，要听我的抱怨，消化我的情绪。

"当然还有其他，因为家中有人怀孕，就把两只猫关在户外笼长达一年，或是要帮忙跟被遗弃在收容所的狗沟通，让它们再次相信人类，给人领养。"

　　好了，这下我把对面的照护人面色搞得非常凝重了，我想她今天一点都没有要听到关于这份职业黑暗面的意思。后来我尝试讲了些五四三，把话题带开，讲些他们家毛小孩的可爱任性话语，重新把气氛搞好，才彼此互道再见。

　　说到底，动物沟通这件事，有快乐的动物，但悲伤的动物更多，动物沟通师面临的是各式各样的故事，其实，我们服务的不是动物，还是人类。

　　而人类，人类才是最棘手的部分。

从养到照顾

最近一些事件让我跟朋友聊到照顾毛小孩观念的不同。

朋友说："大家都觉得养毛小孩就是给水给食物，但是真的要照顾是不一样的，照顾是考虑到它的心情，注意到它的毛发、耳朵、肛门腺、指甲，考虑到它的活动力、好奇心以及食欲是否正常，养是生理的，但照顾是全方位的。"朋友没有讲得那么细致，但落落一长串整理精简大致如此。

我也感觉，现在的大众可以粗略分为两派，就是"养狗养猫"跟"照顾毛小孩"两种不同阶段。

我们开始希望毛小孩参与我们的生活，带它们去咖啡厅，旅行也一起，但是在这之前，还有很多需要学习的地方。

例如，从宠物旅馆来说好了。

我有个朋友经营可带毛小孩入住包栋的民宿，一楼有一整间毛小孩专属房，还有一个房间可跟毛小孩同房但毛小孩不能上床。

二楼还有一间是给照护人住的有露台的房型，如果毛小孩不会分离焦虑的话，照护人就可以享受这个房型（毛小孩不能上二楼），而且毛小孩入住完全没有加收任何费用。

可是有一次，入住的人没有好好约束毛小孩，退房的时候，朋友

到现场一看，一楼、二楼满地是尿，整栋民宿都是尿味。

朋友整整花了五个小时打扫，还是消除不了尿味，墙脚、家具脚全都擦过，拖把用过就丢，部分家具也要换新，完全一个得不偿失。

再例如，从宠物咖啡厅来说好了。

公狗进咖啡厅要包礼貌带，不知道礼貌带的在此说明一下，就是一块像肚兜的布，附有魔术贴能够用尿布包覆公狗的生殖器。

一来可以防止乱尿尿造成的环境脏污，因为尿会渗入地板或墙壁，无论是气味还是尿液都很难收拾。

二来防止公狗骑母狗。

三来防止有些敏感的公狗如果鸡鸡被闻就会立刻抓狂，开咬干架发生流血事件。

但是很多客人一听到要包礼貌带就会说："怎么规矩这么多？"或是"你开宠物咖啡厅就要有被尿的准备啊！"（不要怀疑，就是会有这种反应。）

或是"我家狗不会乱尿，它很乖，它结扎了。"然后一回头，狗立刻乱尿给你看，客人就说："啊，是意外啦！"

我们开始接纳毛小孩进入我们的生活，不像以前都把毛小孩关笼子或屋外，但是我们带毛小孩进入公共场域以前，我们又是否已作好基本的礼貌认知？

1.自备礼貌带，不在别人的室内空间随地便溺，就算便溺也尽快处理。

2.有些宠物咖啡厅可以不用牵绳让毛小孩到处走，请跟紧，毛小孩随时容易挑衅其他毛小孩，斗殴或被斗殴，请看紧自己的毛小孩。

3.遵守宠物民宿或宠物咖啡厅的店内公约。

4.在高铁或捷运等交通工具上携带毛小孩时，确认毛小孩在背袋或提笼里。我们喜欢毛小孩不代表别人一定也要一起喜欢，这是一种自私。请注意，有人是会对宠物毛屑过敏气喘的，而且是会致命的那种。

5.外出务必牵绳，保护自己的毛小孩也是保护别人的毛小孩。

6.散步时务必清理排泄物。

照顾毛小孩的观念正在起步，我们都还有很多要学习的地方，想让大家喜欢我们的毛小孩，想让它们能去的地方越来越多，就先从自己做起，让自己的毛小孩遵守规定，做一个被人喜欢的乖孩子吧！

自由的意义

朋友 Y 豢养的一只虎斑猫叫小毛。

小毛原本是流浪猫，Y 在后门常备饲料与清水，小毛来久成了习惯，一阵子后，也就登堂入室，从食客身份到正式拿居留证转为永久居民。后来 Y 买了新居，适合独身女子的那种三十来平方米的套房，做室内设计师的她把新家打理得真是美轮美奂、雅致清幽。

小毛当然也就顺势一起住了过去，成为新房客。新房子旧猫，善于适应环境的小毛立刻知道是自己的新家，自在得不得了。

新居初落成那阵子，我常闹着去 Y 家叨扰，三五女友，一些炒菜（朋友厨艺也佳）再加上几杯冰透透的白酒，场景十分像电视里打着"爱自己"广告中几个女生聚在一起饮酒作乐的画面。我想那阵子小毛应该看到我来就头痛，因为那意味着整个夜晚的喧嚣。

这是几年前的事情了，那时我还没有动物沟通这项技能，我每每去 Y 家，总看到小毛或坐或卧，睡得仰天翻肚，美不胜收。

"真羡慕小毛，我好想像它一样，待在家里哪里都不用去。"每天被采访工作整得七荤八素的我边抚摸着小毛柔软的皮毛边感叹。

Y 却眨着长睫毛的眼睛诧异地问："为什么会想要当小毛？"

"当小毛很好啊，整天吃饱睡睡饱吃，待在家里'喵喵'叫就有好吃的，我好羡慕小毛好想当小毛。你难道不想当小毛吗？"我把头埋在小毛松松的肚皮里，一口气说出对它的羡慕嫉妒恨。

"我才不想当小毛呢，小毛哪里都不能去，什么都不能做。可是我哪里都能去，什么都能做。"Y 朗声说完后，给自己的空杯子又斟满冰白酒。

"可是当小毛真的好好哦，都不用面对无理客户或老板。"我继续趴在小毛的肥肚子上耍赖。

"才不好呢，我比较想当我自己。"Y 边打趣反驳我，边帮我倒冰透透的甜白酒。

事隔多年，我和 Y 因故几乎没有联络了，仅剩些 Facebook 的涂鸦墙还在。

这几年来，Y 成立的室内设计事务所逐渐做大，她有才华，沟通能力强，稳扎稳打，取得响亮名声我并不意外，不仅陆续跟几个跨国知名品牌合作，也觅得良人结婚了。

虽然甚少联络，但我却打从心底为她的发展与生活开心。

做动物沟通这两年，不知为何，那次关于"想不想当小毛"的对话，一直记在我心里。

与动物沟通时，时常听好多狗跟我说："整天困在家，好无聊，好想出去。"

听好多猫跟我说："我一直叫是因为我好无聊，我快无聊爆了，你快叫她（指照护人）多陪我玩！"

许多狗舔脚舔到红肿，许多猫舔肚子舔到没毛，归根究底都是无聊所致。不要小看无聊，人关在家里，不给电脑、手机、电视、书籍，光两天就闷到发慌，更何况是一辈子！

当动物沟通师这段日子，我才开始理解朋友那天说的"我哪里都能去，什么都能做"这句话真正的含义，那就是自由啊，而只有自由才能让你成为你想成为的人，拥有你想拥有的生活。

豢养的衣食无忧固然让人羡慕，但我想，现阶段的我不会羡慕小毛了，因为自由对我的意义，也大于一切。

但我冬天一大早出门，看到在被窝睡得爽爽的 Q 比，还是会羡慕嫉妒恨。

而且我还会无聊幼稚到把 Q 比摇醒再出门。

这几句补充毁了这篇文章。

遇到天使

前阵子开车上山的时候，对面车道有车子撞到狗，没有紧急刹车，所以就这样碾过去，肇事者逃逸。狗惨叫凄烈，我忙叫开车的 B 靠边停，自己冲下车察看。

这时两边的车都塞住了，静止不动，但我看得到车上的人各个神情带着不耐烦，我激动得想哭，但此刻狗抽搐着，血淌着，我还是先得做什么。

此时对面车道后面的一辆白色小客车里走下一个中年伯伯，用台语说："啊，这没救了啦！阿弥陀佛。"佛号落下的时候，我看到狗颤抖的身躯也逐渐静止了。

"我想至少把它移到车道旁边，不要这样身体在道路上给车来回压碾。"我都听到自己声音中的哭音。

"安捏（这样）哦！厚（好）！我去车上看看有什么可以拿！"没多久伯伯拿了一个好大的白色麻布袋来。

"来，我抬头，你抬脚，我们一起搬上去。"狗的身体还温温的，黑色的皮毛手感干涩，是脏污雨水累积成的皮毛手感。

搬上布袋后，我跟伯伯正要一起把狗往车道边移，一个年轻男子跟妈妈走过来了。听伯伯跟年轻男生的对话，我推测出他们是肇事车主。

"阿弥陀佛，阿弥陀佛。"中年女子双手合十边念佛号边走来。

"没关系，这个我来就好。"年轻男子蹲下来，我感受到他明显想要抢点事情做来减轻内心的罪恶感，他跟伯伯一起把狗抬到旁边。

"你不痛了哦，朝着顶上的光前进，那里是你的皈依。愿你感受到爱与光，愿你无痛无牵无挂。"我在内心给狗狗的祝愿刚落，此时，仿佛嫌事情不够多一样，B 跑来跟我喊："你过来一下，我们车子卡山沟里了。"我立马赶过去，看到车身的一半卡在山沟内动弹不得。

"啊，你们车上有千斤顶吗？没有啊！可是我小孩要赶着去上课，这样好了啦，我千斤顶借你们！你们到时候再放到山下的派出所还我就好！"赶过来关心我们的站在一旁的伯伯说。

"好的，好的！谢谢你哦！"我跟 B 异口同声，但天知道我们根本不知道千斤顶怎么用，内心盘算着如果等一下还是没辙，就 Goole 道路救援电话。

"你们这个叫道路救援很贵的啦！"伯伯好像有心通一样把千斤顶递给我们的时候说道。"我看你们这个哦……"边说伯伯边低头，接着趴伏在地上，检查我们车子卡住的地方，翻弄一阵后，伯伯又眼疾手快地找了颗大石头塞在卡在山沟中的后车轮下，要我们车往后开。

车子往上了。

接着他又去找了颗大石头，再垫在车轮下，要我们往前开。

我们重返道路了。

"谢谢，谢谢，真的太谢谢你了！谢谢你！"我们口里止不住地千恩万谢。

"这样就好了啦！下次再小心一点！"伯伯像大侠一样上车，飞快地把车驶走。看得出来他很明显真的赶时间。

一个小事件，让我们同时看到人性的极恶与极美。电影《康斯坦丁》说，半天使就藏在我们周围，当我们需要帮助的时候伸出援手。

我想我遇到天使了吧。

to see not many people shop at the GAP as much though.

• Took a picture with Hipstamatic at Starbucks. Bought another Avery sticker project paper to make more stickers :8

为喵喵奔走的一日

　　昨天晚上在 Facebook 上看到许多爱护动物人士在疯传一张"即将准备下毒毒猫"的邻里告示，让人愤怒又心急，稍微查询一下，我惊讶地发现其张贴位置居然还在家附近。

　　因为就在家附近，所以我寝食难安，很担心家附近那些认识已久的流浪猫惨遭毒手。知道对方已经触犯动物保护法，所以我第一个念头是找环保局报案，但报案的前提是知道贴告示的准确地点，不然怎么报？隔天一早起床，我就先在家周围的大街小巷穿梭奔走，并询问路人。

　　没想到不管怎么找也找不到，气喘吁吁的我只好先回家稍作休息。回家后意外看到朋友 W 也在 Facebook 上关心此事，故我们私信交流后决定：她先制作动保法令倡导文案，之后我们带文案到"毒猫告示"张贴处贴在旁边，最后再到里长办公室询问里长后续处理方式，并约好我们骑脚踏车在公园会合，以方便行动。

　　想不到，命运吉他的弹奏完全不按计划。

　　我因为一起床就在忙这件事，一整天什么都没吃，搞得跟 W 以及她男友 S（车队共三人）才骑了 10 分钟脚踏车（我怀疑有 10 分钟吗？），我就整个人头昏眼花、耳鸣眼黑。体力差得要死还要跟朋友一起组车队寻找告示，我当下真的丢脸到好想在马路钻洞躲进去，但当时无力到连把脚踏车架好都没办法，要钻洞恐怕还要 W 帮忙……

人贵自知这点礼仪分寸我是有的，所以我像在雪山罹难不敢耽误W一般，对他们大喊："你们先走……不要管我！我自己可以撑下去！"没办法啊，因为W很关心我不好意思先离开，我只好嘶吼大喊。

好啦，是浮夸了点，但总之就是请W与S先行动，我之后如果有找到告示再跟他们联系。

好，所以弱鸡如我此时正式落单。弱鸡内心的盘算是：先到便利商店买食物补充血糖并稍作休息，然后到里长办公室询问里长，再了解张贴处位置并前往，最后去捷运站还自行车。

到便利商店后，我挑了一盘水果跟一瓶水，坐在便利商店橱窗旁补满血条跟血糖，看到便利商店门口常遇到的那只爱撒娇翻肚的乳牛猫。我遂前往跟它倡导："最近除非认识的人喂你吃东西你才吃，其他地上的食物不要乱吃知不知道？"

乳牛猫一语不发翻肚呼噜。

我："我是说真的，最近真的很危险，除非是认识的人给你食物，其他都不能吃哦，会死掉！听到就摇一下尾巴！"

乳牛猫持续翻肚但尾巴摇晃了两下。

我："我当你听到了哦，最好再跟其他猫咪说知不知道！"

乳牛猫不耐烦地直接离开。

我骑上自行车离开便利商店（写到这我觉得自己好像RPG游戏主角要去打怪），经过一个防火巷，其中的一户人家门口有放猫粮跟水，看来是长期在喂养流浪猫的人家。我担心他的猫粮被人"加料"，所以直接按门铃，希望可以提醒该户照护人。按了几下门铃，都没人回应，我往旁边绕，意外看到屋内的窗边躺着两只猫，一只白底虎斑猫，一只虎斑猫。

虎斑在睡觉，所以我挑白底虎斑下手："哎，家里有没有人在啊！我找你们家大人！""有人在吗？你跟我说有没有人在就好！""到底有没有人在啦！"我像跟堵墙说话一样没人理我。

白底虎斑斜眼瞪我两分钟后，才闲闲散散地回我："没人啦，家里都没人。"讲完以后就闭上眼睛继续睡它的了。"傍晚回家前要再来这户人家按一次门铃提醒。"我在心中写下这项待办事务。

终于骑到里长办公室，里长不在，接待我的是类似秘书助理的角色。此时W联系我说已找到张贴处，她说里长已经去报案了，今天他办公室电话几乎被打爆。里长也对这个行为很愤怒，环保局也已介入。里长助理态度非常友善，且直接骑机车引我去告示张贴的地方，告示已被拿下，取而代之的是W制作的动保法规宣传文案。

"这附近都是爱猫的人，大家都很恐慌，希望这人只是说说而已，不会真的这样做。监视器被动了手脚，所以我们现在一下子也查不到是谁，但我们都有报案了。"里长办公室这样回应。

告示拿下，文宣贴上，已通知里长。似乎今天的工作先告一段落了，离开告示张贴处后我正要去还自行车，突然一个念头闪电般劈过，我想到橘白猫马林！马林是我平常搭捷运时的路上总会经过的一间家饰店的猫，每天经过那家店我都期待跟马林打招呼，养它的阿姨用放养的方式照顾马林，马林也经常出去晃荡一两个小时或一下午才回家。

"我要跟马林说最近外面的食物不要吃，要立刻去给它警告才行！"念头一起，我脚踏车立刻转向，冲向家饰店。

一进门找到马林，我就冲着马林说："最近不要吃外面的食物知不知道！会死掉！"马林："为什么？喵……"（带着惊恐又不敢相信的表情。）

跟马林一番鸡同鸭讲以后，我实在怀疑它听进去的有几成。因为实在太害怕马林误食毒药，所以我之后直接跟照顾马林的阿姨说明毒猫恐吓的告示，并请阿姨最近不要让马林出门。

还完脚踏车，回程已是傍晚，走到防火巷内的那户人家再度按了门铃也再度骚扰了他家的猫咪（竟还在窗口睡），那一户人家还是没回来。

"明天再去打扰一次好了。"回家的我内心这样想着。希望所有的喵喵都平安，希望人类能明白万物都有权利存活于地球之上。

PART *4*

我最**爱**的就是你

至亲

"为了写一首诗，你必须遇见许多城市、许多的人与物事，你必须了解动物，必须感受鸟儿如何飞翔，并且学会辨识，花朵在清晨延绽的姿势。"

——里尔克《马尔特手记》

我的猫，从两个月大的小男生，到现在应该算是百岁老爷爷了，我们共同经历了彼此生命中那些故事，有喜有忧。而 Leslie 的绝对天赋，让这个冬日午后的沟通变得无比温馨，我想，这或许是我和它有生之年唯一一个听见彼此的甜美时光。

一开始，它就让 Leslie 看一碗"白白的，烂糊糊的"，它说"不要这个"。Leslie 问我，这是什么？这是它的晚饭啊，因为它老了，我总是努力把鱼肉压得烂一些，想着比较好嚼。它从小就挑嘴，这也不要，那也不要，很费心。这不就是它这阵子肯乖乖吃完的罐头吗？它说"有点腻了"。它给 Leslie 看，它喜欢一种"紫咖啡色的"，是什么？我想了又想，晚上弄了一碗前些日子吃的罐头，拿到它面前，这是紫咖啡色的吧？对吧？你说的是这个吗？它闻闻，一口气吃了半罐。

然后，喜欢把食物放在手心上，让它就着吃。可以用汤匙喂吗？不要用铁的汤匙。当它对我吃的东西表示感兴趣，我会顺手把食物放在手心上给它。至于用汤匙喂，那是小时候，因为它什么都不肯吃，才每天用汤匙喂，而家里适合的汤匙也只有铁的。好的，妈妈会去买瓷的汤匙，然后用喂的。

它有肾病，每天要打皮下点滴。我最想知道它会不会痛苦，它跟Leslie说虽然不喜欢，但打完针可以获得很大的舒服。它还需要每天口服钾，"不要吃药，味道留在嘴巴里很久，很痛苦……宁愿打两次针"。Leslie其实并不知道它每天要打几次针，一次点滴，若加上钾也用注射，是两次没错。这个回答，"宁愿打两次针"，让我觉得Leslie确实拥有非常了不起的才华。

喜不喜欢新家？这个家是在它病情稳定的时候，急急火火搬进来的。Leslie看到很宽旷的空间，没有隔间。的确，以它的体型，以一个人一只猫的寻常日子来说，非常空旷。Leslie看到落地窗，它在阳光里睡觉，很舒服，"有一格格的落地窗"，是啊，是一格格的落地窗，我非常惊叹于Leslie描绘的画面，那就是它每天消磨大部分时光的所在，它的专属扶手椅，上面铺着层层叠叠柔软的布毯，就摆在阳光漫溢、一格格的落地窗前。

以前你非常恋慕美美（我妹的猫），这两年为什么不喜欢它了？它说"美美的味道不一样了"，"它不是它"，让我有些微震撼，美美得了癌症，今年开了两次刀。当然，Leslie 完全不知道美美生病，但"它不是它"这四个字，让我突然有一种一脚跨进它内心的幽微感觉。

楼上就有猫砂盒，为什么一定坚持要到楼下上厕所？"自己住的地方，要维持很干净，很干净，脏东西留给下面。"可是你每上一次猫砂，妈妈就立即铲干净了啊！"不要有味道在空气中。"好，我懂了。

"擦嘴，不喜欢，可以忍受。"好，我听到了。

"梳毛再轻一点，"它给 Leslie 看尖尖的铁梳子，"你最近有点用力。"好，我知道了，对不起。

每年一次出门旅行，虽然总是很短的四天三夜，留下它在家，会不会难过？

"不喜欢别人碰我。可以要求妈妈不要去吗？"它说。

当然可以！

"妈妈事先都有跟我说，她会不在家……我不知道可以要求。"

"它说……它不知道可以要求。"（Leslie 重复了三遍。）

你当然可以要求！妈妈答应你。我听到自己发抖的声音。

画面传来，Leslie 在桌面模拟着一双小爪屈屈伸伸，它开心啊，我们笑了。

有时你看着我突然"喵"一声，是在跟妈妈说话吗？说什么？听到我咳嗽时，会"喵"；偶尔晚一点回家，会"喵"，"你今天晚回来了"。它给 Leslie 看我在家里的一个画面，Leslie 问我在家里会踱步？但我没踱步的习惯呀……Leslie 说明，我踱步时，你会"喵"，说"不要心烦"。啊，我知道了，那是我在三个大书柜前来来回回，在找书，想着这书明明我有，到底放在哪里了？好，我会记得，不要心烦。

它是一只不"纵欲"的猫，Leslie 说。不怕人，但亦不与其他人亲近；不爱大口大口进食；不激烈玩耍；也不在别人面前翻肚子，或者睡相大刺刺。它是，它从小就是一只谨谨慎慎的猫，不曾吐脏自己的床，也从未把我书桌上的任何东西拨到地上，一只接近龟毛，活了21岁的猫。

Leslie 对我的人生完全不了解，整个过程也不曾询问，但当 Leslie 说出，它说"跟妈妈是相依为命的感觉"，那一刻，我好感谢这21年来，日子里最亲的生命，紧紧揪在心里的它。Leslie 的出现，我觉得绝对是意外的缘分，让我感激不尽，她让我和它在有生之年，那么幸运，又清晰无比地，听见彼此。

From Leslie：

"于是我开始相信，有些比较单纯的灵魂，虽然披着动物的身

躯，终生不讲一句人话，寿数只有我们的 1/5，但明明就是上天分
配给我今生的至亲。"

——《陈明珠爱我：猫来了是要教人得疗愈》

有一天我翻阅到书中这段文字时，立刻想起那个和 Gigi 聊天的冬
日午后。

那个下午，风和日丽，我记得我们约在富锦街的一家咖啡厅，我
记得 Gigi 跟我对话时懒洋洋的不太搭理的语气，但是给照护人的话语
却又如此真挚简单，我记得照护人与 Gigi 彼此深情又温柔的互动。

我记得那个下午，爱的流动。他们是彼此唯一、彼此至亲的爱。

（本篇由照护人 Sy Nyu 撰写，并获同意刊出。）

最适合的距离

"你决定好了吗？你真的要走吗？"

"我希望这是你认真思考后的决定。"

我凝视它的双眼，它也直视着我，我们对看许久。停滞的空气像连时间也一起凝固，我滔滔絮絮地说着，它却沉默地看着我。短暂的凝视，脑中却闪过好多片段，我想起刚认识它的时候。

去年年底，台湾难得不太冷的冬季，我常听到窗外有猫叫声，听声辨猫，应有数只。

准备干粮，开好罐头，我开始跟这些猫咪缔结不算深厚的食客关系。

放下食物，稍微远离，等候它们放下戒心出现，它们吃干抹净后，清场收工。

但黑猫奇奇不同，它是唯一会等待我来临的猫咪，后来它甚至会跳到我户外的窗台，等着吃饭。听起来像只亲人的塞奶猫，但其实不然，想靠近、想摸还是摸不到的，我知道奇奇来的原因，是原始的本能，是饥饿。

我开始会固定放猫粮在那里，奇奇想吃便来。后来寒流来了，我试着放纸箱和毛毯在窗台，奇奇也就顺势住下了。

我们的半同居生活正式展开。

时序更迭来到年初，我听到孱弱的"喵喵"叫，不大声，反倒像老鼠叫。寻访后，发现声音是从奇奇的纸箱传来的，稍微靠近才发现，

原来我这几个月一直都在招待孕妇。

我恍然大悟：奇奇把我家当待产中心了。

于是我从自以为淡漠的半同居人，瞬间升级为月子中心的热心阿嫂。我把一窝小猫搬进室内，把奇奇也诱哄进家里，四处搜寻照顾奶猫和母猫的数据，把家里温度调高，并找时间等奇奇准备好后，带它去结扎。窗外冷冰冰的天，窗内热烘烘地忙着，我俨然身负照顾全家的重责大任。

时间过得很快，小猫成长得更快，它们已经会在家里飞窜狂奔，饿的时候叫得轰天响，累的时候彼此偎在一起睡到会打鼾。小猫亲人，看到人就等于看到食物，追着讨玩，讨吃，但奇奇不然。

奇奇还是怕生，也怕我。给它食物，要推进去，稍微走开它才吃，维持一贯的流浪猫习性。它待在家里，却像是特警部队似的，走两步躲一步，随时都在找遮蔽物掩护自己的身形。

我总想着，再给它一点时间，再给它一点时间，它会习惯我的，它会适应的。

但我想，正如天下所有的关系一样，没有什么是可以勉强的。

强讨的也不甜。

也许是小猫们都已长大，不需奶了，或是奇奇很信任我这月子阿嫂的功力。

又或是跟人类生活，对奇奇来说，真的太勉强了。有一天，奇奇趁我在阳台晾衣服的时候三步并两步，逃狱了。

路线精准，速度飞快，我想它设计这个"越狱"路线已有一段时间，绝非偶然。看到奇奇从我身边蹿出，我吓坏了，但它却在走到一半时，回头凝视我。

"你决定好了吗？你真的要走吗？"

"我希望这是你认真思考后的决定。"

这过程中，我多希望它回头走进室内，仿佛一切都没有发生过。

但奇奇没有。

我记得凝视的最后一秒，我依稀感受到它的去意已决，我缓慢地说："我只想要你知道，这里永远为你准备，只要你想回来，这里有你的位置。"

奇奇听完就离开了。

它走的当下，我的心像被击垮般，哭得不能自已。哭了一阵后，我打起精神，因为，我可是被奇奇托孤的呀，它走了，奶猫们就交给我吧！

窗外，我还是放着奇奇的食物。隔几天，我惊喜地看到奇奇的身影出现，它来吃饭了。

　　奇奇还是在我的身边，只是它选择了最适合的距离，我们回到了最初的关系与距离。临时的月子中心歇业了，现在是幼儿园托儿中心。它知道这里是它温暖的家，只是，它还是习惯在外面玩耍。

　　也许有些关系就是这样的吧，只可远观，不可强求，放彼此在一个都舒服的距离，也让我们都好过。

　　奇奇，在外面，饿了就回来哦。

　　PS.1　昨天跟朋友吃饭听到的故事，获得同意后，遂用第一人称写出。

　　PS.2　奇奇已结扎。

写给 Wolfgane

我不清楚这是第几次来看你，并且对着这棵大树哭泣。

你走了以后，我们决定把你放在这棵树下。我跟 E 去看过宠物墓园，对方说，选择大树的话得要跟其他猫狗撒在一起合葬，想要独葬的话是这边一棵 10 厘米高的小植物。"一年后，它们那个灵魂就不在了啦，这棵小树就会让别的宠物入住。"宠物墓园接待我们的阿姨说。

即使想选择大树，但那棵大树也不是什么风华正茂的灵气大树，而是棵感觉憋屈的暗晦树木。"也许承担了太多的情绪与灵气吧。"我内心这样暗想。

我与 E 不愿让你进灵堂被供着，也不想让你跟不认识的猫狗合住，正当我们烦恼的时候，缘分的牵引，带我们找到一个好地方。

我说好地方那还真的就是好地方。那里山青天蓝，风大把大把地起，既丰厚又扎实，在那里风是有颜色的，是带点透明的苹果绿。

一天午后阳光明媚，我们带着你驱车上山。E 在偌大的庭园选了一棵很大的树，面西面山。

晴朗的时候，你可以看着万里无云。

下雨的时候，你可以看着朦胧起雾。

傍晚的时候，你可以看着夕阳西下。

晚上的时候，你可以看着月挂梢头。

是个好地方啊，是不是？你喜欢吗？ Wolfgane ？

　　E 先奋力在大树下挖了一个深深的圆坑。我则事先在家里用色铅笔画了一朵莲花，圆坑挖好后，我把画了莲花的纸先放在坑内，之后再用你的骨灰覆盖其上。希望这朵莲花承载着你去所有你想去的地方，成为所有你想成为的事物。愿莲花带你到彼岸，领你到平与静之地。

　　把土掩上以后，我双手环抱着大树，谢谢它接受你，照顾你，希望以后的日子，请它守护着你。

　　E 的身份敏感，所以我们之后联络得少，将你留在那儿后，我们几乎分道扬镳。

　　之后都是 B 带我去找你。

　　B 知道我想念你，用尽一切招数都无法哄我眉开眼笑的他，遂一周又一周地带我上山探望你。有一日，我们开车去找你的路上，车内一片寂静，我托腮望着窗外，人在车内，心，不知道在哪里。

　　B 握着方向盘，语重心长地说："我觉得你是不是不该去看Wolfgane？"

　　我："为什么？为什么不行？"我回过神来尖声回答，捆着安全带的身体几乎像刺猬一样跳起。

　　B："如果你觉得你是去那里看它，那 Wolfgane 就在那里了，但 Wolfgane 不应该在那里，它在它应该在的地方，它自由地在天地间。如果你觉得你是去看它，那它就一直都在那里了。你也不希望它就被锁在那里吧？是不是？"

我："……"我好像感觉鼻子又开始酸了。

B："我希望我开车带你去，是去那里缅怀它，想着它，而不是去那里哀叹着、想着它在那棵树下。" B眼睛直视前方开车，我看着他的侧脸，这段话像是对我说，又像是自言自语的呢喃。

你在这里，你又不在这里。你应该在这里，但你又不应该在这里。到底是什么意思，谁听得懂他在说什么啊？我忿忿不平地扁着嘴沉默不语，内心却被这样的思绪塞满着。

B看我沉默不接话，遂也打开车内音响，希望抵消一点窒息的沉默，放的是我那一阵子常指定要听的，Cold Play 的 *Yellow*。

Your skin, Oh yeah your skin and bones.
Turn into something beautiful.
You know you know I love you so.
You know I love you so.

歌声稀释了沉默，平静逐渐地注入我的心，我在无意识的时候睡着了，睁开眼睛时，就是我下车又来到这棵树下的时候。

一周又一周地跟这棵大树报到，我知道我放不下你的原因，实则来自歉疚。

你的狗生上半场，几乎每天都有我的参与，但是最后这两年，依稀地只有半年一次。直到我最后一次见你，你病恹恹的，我都想着，会好的吧，会好的吧。

我没有想过那会是最后一次。

如果我勇敢一点，多要求见你几次，我们的缘分会不会不至这样浅薄？我对自己有各种的愧责，我在你最脆弱的时候，因为各种顾虑，选择远程照望你。

如果我知道我们的时间就这么少，我会多珍惜一点。我会有机会就拥抱你，被你沾得满脸口水，被你擦得满身是毛。我会有机会就抚摸你，享受哈士奇特有的扎刺毛感。

人生没有后悔药，人生没有早知道。而现在的我，是独自在葬你的树前，吹着风掉着眼泪思念你。而此时此刻对着树哭泣的我，脑中回荡着刚刚在车上 B 跟我说的，你在这里又不在这里。这句话像是诡异的幕后旁白飘荡在空气中。

而事实上我知道，不管你的灵魂在或不在这里，我都悲伤。

我想着我的悲伤，是因为我无法接受我失去你。

但失去的本质，来自拥有。

我想着，我不该一直想着我拥有着你，因为那是执念。

当我这样想着的时候，有个声音跟我说："放松。"这声音虚无缥缈又似有若无。想知道声音是从哪里来，却又倏忽即逝。

像是睡醒后回想刚刚的梦，越想越错过。

像是用手掌捧起河川的水，越捞越徒劳。

放松，Wolfgane，是你希望我放松吗？你想要我放开你吗？

我知道，唯有放松才能打开紧握的双手，把自由还给你也还给我。

太过紧绷看待所有的存在，会忽视陪伴的美好。

对所有的事情，都该放松吧？你是这个意思吧？ Wolfgane。

享受曾经带给彼此的经历，结束时祝福彼此。

不管什么事情都放下掌控的欲望，放下抓紧一切的紧绷感。

顺着这样想后，只是一个瞬间，我改变想法了。我意识到眼泪也逐渐干涸，眼睛没有再制造新的泪水。

嘿，Wolfgane，我总是想着以后我们会再相遇，以此来鼓励自己。

但现在，我甚至不会想要未来我们再相见。

因为我知道，见或不见，你都在那里美好着。

我不愿因为我的愿望而局限你的下一段灵魂旅程。

见亦好不见亦好。

因为从今而后我知道，

我不拥有你，你也不拥有我。

我们都是自由的灵魂。

Forever love

Leslie

陪伴的任务

比熊犬豆拎，像 Q 比一样，整只狗圆呼呼的，是只一看到它就让人开心的毛小孩。

问豆拎："最喜欢去哪散步？"它给我看到的是颇清晰的平坦大片的柏油路，但奇怪的是没看到车子，只有人在上面走动，旁边则有大片草地。"我爸妈只会带我走灰灰的这里，不会走草地哦！"豆拎补充。

跟照护人确认以后，知道这块地是家里楼下的公园，平时他们最常带豆拎去那边散步，完全正确！

后来问豆拎："最好的狗朋友是谁？"豆拎说："常去的这里，常会碰到一只红贵宾，它没有被牵着，会主动来找我玩，我最喜欢它！"

两位照护人（夫妻档）双双面僵，问："我们很少在这里遇到红贵宾耶！啊，还有可以帮我们问，那只红贵宾是活着的吗？"现场开始弥漫着一种诡异的气氛。

"什么活的死的？就是只很常来找我玩的狗啊！我很喜欢它啊！"豆拎不耐烦地回答我。

后来照护人递手机给我，画面中是一只可爱的红贵宾笑咪咪的样子，女生问："那可以问豆拎是不是这只吗？"

"对啊，对啊！就是它！"豆拎很肯定地回答。我传达它的回答后又加了一句："豆拎说是这只没错，但我觉得红贵宾不都长一样吗……"

这时候照护人给我看另一张红贵宾的照片。我传影像给豆拎后，豆拎有点语带委屈地说："这只很凶，都不让我靠近，更不跟我玩。"

"看来是完全不同的红贵宾。"我这样下了结论。

"刚刚看的很凶的，是我妈妈家领养回来的红贵宾，叫纳豆，但是它说会来公园找它玩的红贵宾，是我们家已经走了一年半的嘎逼……而且，我们就把它葬在这个公园……"照护人已经语带哽咽，眼睛泛红。知道原来豆拎看到的狗狗很有可能是照护人之前的宝贝，我改问豆拎："你有在家里看到过这只狗狗吗？"

"没有耶，我只在草地那边看到过！"

"你说那只狗狗没有牵绳，那它旁边有人吗？"我想，没牵绳的狗通常旁边照护人会跟着吧？

"没有啊，就只有它，它就是会跑来找我玩，然后就跑走了。"

"那它都怎么跟你玩？"我追问。

"什么意思？"豆拎有点不懂我的问题。

"就是它是跟你绕圈圈，是对你叫，还是冲过来轻咬你？"我试着引导豆拎回答，希望能问出更多细节，也许可以让照护人对应记忆，想到哪只"活生生的红贵宾"。

"它不会叫哦！它就是会站起来，两只前脚跟我挥舞，然后就跑走了！"很像小狗邀玩的拜拜姿势。

我整理好细节以后转达给照护人，他们说："我们家的那只红贵宾，的确不太会叫……"

后来，我花了一点时间跟照护人沟通，虽然不太确定豆拎是否真的有"阴阳眼"，也许有天我们真的会遇到一只蹦蹦跳跳没有牵绳的红贵宾来找豆拎玩，但如果真的是嘎逼，也许有些心念上的牵挂要割舍。

"我建议，找个时间，你们的心情轻松，天气晴朗，到埋葬嘎逼的地方。"我喝一口热茶，准备接下来的长篇话语。

"仔细画一朵莲花在纸上，再次埋在埋葬嘎逼的地方，并对嘎逼说：'最爱的嘎逼，谢谢你陪伴我们的旅程，跟你度过的日子非常快乐。希望这朵莲花，可以送你去任何你想去的地方，成为你想成为的生命，莲花会保护你，不受外力侵扰。亲爱的嘎逼，我们就在这里说再见了。祝福你，迈向下一段旅程。嘎逼，再见。'

"其实不用句句字字都照我说的啦，你们可以有你们的告别词，只是这是我现阶段想的。"我看照护人双双沉默，又加了一句。"不会，谢谢你，我们近期就会去看嘎逼。谢谢你。"照护人眼泛泪光说。

我回家后，想了一阵子，那真的是嘎逼吗？我一向不爱把动物沟通与鬼神混为一谈，但这次，我自己也不知道答案。

恐怕要到哪天，真的有只活蹦乱跳、不会吠叫的红贵宾冲来找豆拎玩，才能解开我们心中的疑惑。如果真的是嘎逼，那我想它一定是非常舍不得吧，舍不得爸妈，舍不得新成员豆拎……但是告别旧的才能迈向新的，割舍拥有的才能拥抱崭新的，宇宙的运作一向如此。

"嘿，嘎逼，谢谢你会想到来找豆拎玩。我想跟你说，你陪伴爸妈的任务就交接给豆拎吧，接下来的旅程你要靠自己走了。希望你一切都好，安心地迈向下一段旅程吧！"

我最爱的就是你

"把它留着，是为我，还是为它？"

我看着电脑屏幕上的字隐隐闪烁着，这一句话定格在我的眼帘、我的脑海、我的心，久久无法散去。

来信的是一个有礼谦和，但字里行间仍掩饰不了着急的照护人，她说，她的猫名叫丫丫，17 岁半。

"其实丫丫现在已经瘫软了，兽医师也早就建议（明示）我要考虑……安乐死！现在天气变冷了，丫丫变得比之前会抱怨。我不知道，它现在是不是比较不舒服。把它留着，是为我，还是为它？ 还是它努力留着，是为我好？但我也不愿它辛苦！"

我永远记得那天她抱着丫丫来到我面前，小心翼翼地，像是抱着全世界最珍贵的艺术品，毛毯里细细地包裹着的是毛色略微褪去的黑波斯丫丫。

丫丫在毛毯里面，眼睛似睁非闭，坦白说，那天沟通前，丫丫的状况看起来非常不好，我几乎要贴近它，侧耳倾听它的呼吸声才能确定它有生命迹象。

我与丫丫的沟通，就是在这样低迷的气氛下展开。

"嗨，丫丫，你还好吗？我现在可以跟你聊聊天吗？"我尽量轻柔地放慢我的语速。

但刚开始聊天的丫丫有点对不上频道，想说什么就讲什么，画面噼里啪啦地乱飞，我有点难抓。

忽然间有只黄猫定格，非常明显。

"这是现在一起生活的猫咪吗？"我轻声问丫丫。

"不是，它已经走了，走了很久。"丫丫简短地这样说。

"你们家……有养过一只黄猫吗？"我立刻抬头问身旁的照护人。

"有，是丫丫的爸爸，叫弟弟，不过已经走很久了。怎么了？"照护人轻声询问。

"因为这是丫丫给我看的第一个画面。"

"那……那该不会是弟弟来接它了吧？"照护人语气慌张。

"应该也不是，对不起，因为现在画面真的很乱，我再仔细询问一下。"我有点抱歉地跟照护人说，觉得自己话没问清楚就乱传递，有点不专业。

"你给我看弟弟的画面，是因为看到它来接你吗？"我谨慎地跟丫丫确认。

"不是，因为她（指照护人）最近一直跟我提弟弟，说会有光来接我，会看到有弟弟在那儿，因为她一直跟我提到弟弟，所以弟弟的样子最近在我心里很明显。"丫丫好像终于跟我调对了频道，清晰地响应。

啊，是吗？不是来接你就好，希望你不要放不下，舒服地离开，但又希望你再争取一点时间，再多一点时间。

"现在身体状况还好吗？"我先帮照护人询问她最关心的。

"身体很不舒服，全身都不舒服。很累，好累好累好累，一直想睡觉。"丫丫表达的时候，换气比较急促。

坦白说，丫丫给我的疲累的感觉，像是全身上下的毛细孔都迸发出困意的那种疲倦感，但这种主观的感受，我藏着，没跟照护人讲，我怕讲了，对她已经紧绷的情绪来说，压力太大。

"我知道我的身体怎么回事，只是我不知道自己还有多久时间。"丫丫后来这样回答我。

"我想要知道，丫丫还会想要这样去医院吗？还是想要一直在家，不要再治疗了？"我几乎看到照护人眼中的泪光。

"其实我被移动真的很不舒服，因为医生都会不断把我的身体弄来弄去。"

照护人此时补充："对……因为我之前都有带它去针灸、温灸，可是这是必须每周回诊拿药的。"

"丫丫，我跟你说，去看医生，这样对你的身体比较好，吃药以后，你不舒服的身体也可以舒服一点，你可以接受吗？"我尝试说服丫丫对看医生坦然一些，就像哄小孩去看医生一样的甜暖语气。

"你帮我跟她说，我很爱她，我们家曾有过许多动物，但只有我最爱她。我只要她，只黏她。我会努力学习不要舍不得走，但我爱她，像她爱我一样爱她。"丫丫的语气，几乎是一口气要把17年来的爱一次说尽，很简单的字句，组合出的却是很深很深的爱。

我如实转达后，看到照护人几乎泣不成声。

　　我站起来去柜台拿了些卫生纸放在照护人手边，并尽量保持沉默地啜饮热乌龙茶，希望可以给她和丫丫一些私人空间。

　　"我们家曾有过很多猫咪。"沉默一阵后，照护人略带鼻音，突然开始说话。

　　"但它们一个个都先后离开了，丫丫是现在家中唯一还在的猫咪。

　　"丫丫真的是所有的猫咪里面，最爱我，最黏我的。它是我亲自接生来到这个世界上的，它几乎每天都黏着我，跟我在床上睡觉。所以现在面临这样的状况，真的……真的……真的不知道该怎么帮它作决定才好。"我感受到照护人语音中的溃堤，所以不接话，转头继续与丫丫对话。

　　"有时候我们会为身体太难受的动物做一件事情，就是会打一针，而被打针的动物就会直接永远地睡着了，不用再受苦痛。"我尽量把丫丫可能面临的选项简单地说给它听。

　　"永远地睡着吗？"丫丫问我。

　　"可能灵魂可以继续旅程，但总之这个身体不会再使用了，也要跟使用这个身体时的家人说再见。啪！这样一下子，结束这个阶段。"我尝试把状况说明给丫丫听。

　　"所以是提早说再见吗？"我开始觉得丫丫是只很聪明的猫，它抓重点的速度甚至比我快。

　　"是的。"我果断地回答。

　　"那我想，我还舍不得她，我想在她的身边。我的身体很难受没错，但我还不想看不到她。"丫丫缓慢地告诉我。

　　"好，我会帮你转达的。"

　　"也请你帮我跟她说，如果可以，我想要在家里离开，在有她的家里，在我长大的家里。我不想在家里以外的地方离开这个世界。"丫丫叮嘱着。

　　"好，我都会跟她说的。你累了吗？是不是想休息了？"我注意到丫丫传达信息又开始像一开始那样有点涣散，不是很集中。

　　"对，我太累了，我想休息了，请你一定要帮我把我的想法跟她说，还有，你刚刚有帮我跟她说我最爱的是她吗？"

　　"有，我刚刚都说了，我也会把你的想法跟她说的。"

　　我回复完丫丫后，它就自顾自地与我断线了。

　　将丫丫的话转达给照护人后，她说，其实她的想法跟丫丫一样：它不离，我不弃。

　　隔两天后，我收到照护人的来信：

　　Dear Leslie：

　　谢谢你，让我们彼此有对话的机会。养过不少宠物，这一次是深刻到心底，或许也不敢再养了。

　　我想，对话，最有收获的人是我。或许我们所做的一切都是为了继续生存下去的人们，就像人类的死亡，告别式的举办，都是治愈了还活着的人，谢谢你担起了这样的角色。

人类的离别，有时有机会可以留下遗言，而毛小孩注定比照护人短命，但却没有对话的机会。不管是不是照护人附加了太多的拟人化，这些毛孩真的都是心头宝。一种完全付出、陪伴的给予，是比谈恋爱还更深刻的付出。

人与人之间，有时计较太多，有时付出太少，但毛孩，永远不嫌弃，不离弃。

这次我想沟通，不是想告诉小丫丫可以离开，是想小丫丫可以安心。它有善终，我才可以放下。我一直认为，我和小丫丫有很强烈的联结，这一辈子，是再也无法有任何取代了。是的，小丫丫还在，我们都还在不舍彼此之间作拉锯。我想照顾、陪伴小丫丫到最后，相信它也想用尽一切力量陪伴我。希望这一切不是因为我的自私……

我跟小丫丫都很幸运。这一世，遇到了彼此，温暖了彼此。也谢谢身边有这么多人的帮忙，包括你。我都不敢想，没有它之后的自己，会是什么样子。

祝你一切都好。

再两个月后，照护人回复我，丫丫在一天凌晨，睡觉时离开了。应该是照着它想要的方式离开的吧，我想。

丫丫，你是在充满爱的环境下毕业的。

愿你去飞，无拘无束，带着大家的爱。

我爱你比爱自己多

"'麻麻'每次都说是最后一口，结果都不是，后面都还有好几口……"

我的拉拉女儿小娃，这样子跟前来帮助我们的动物沟通师 Leslie 抱怨着……

我"扑哧"笑了出来："谁叫你不吃，'麻麻'只好连哄带骗，希望你多吃一点啊！""好啦！后来她就改口：'快吃完了，还剩下一点点。'"

这是动物沟通师 Leslie 第二次到我们家，前年 11 月也来帮助过宾狗哥哥。

上周六因为娃娃状况不好，我紧急带去医院，测了血压和血容积比后，发现氧气一下掉到只剩 13%（正常狗狗为 37% ~ 55%），可以想象，原本有 50 个人帮你携带氧气，现在只有 13 个人帮你携带氧气，因此它成天没有力气，站也站不起来。

"这需要输血了，但是，肿瘤病患输血也没多大意义，输血的效果顶多维持一个多星期吧！要是造血功能不能恢复……"

这任性的小娃，它三个月大时，第一眼看到它，我就爱上这个有着漆黑灵动大眼睛的小女孩。妈妈实在是没有放弃的权利。我跟医生说："再给它一次机会吧！"于是找了狗配对捐输了 500ml 血，上回输血是 2 月 3 日脾脏开刀的前一天。

昨天整天在医院陪伴小娃输血，想到 Leslie 在 2 月 25 日那个微凉的有些许阳光的午后来时，这小妮子跟 Leslie 说的话……

"我'麻麻'半夜很容易醒哦，所以如果我半夜睡不着，我轻轻抠抠她，她就会醒来陪我了……"

"我喜欢'麻麻'晚上睡觉时抱着我的脚脚睡……这样很舒服……"

"我喜欢'麻麻'这样子摸我，从头一直摸到脚……"

"我喜欢'麻麻'在厨房，厨房都会香香的……"

"我喜欢'麻麻'在家里，她会放音乐，我很习惯家里面有音乐，叔叔（指排骨桑）都不会放……"

"我不喜欢一个人在家里……"

输血的点滴，从 8 秒一滴，慢慢进展到两秒一滴。

隔壁隐隐传来啜泣声，排骨桑问了医生，原来，隔壁有一只黄金猎犬，淋巴瘤撑了三个月，当小天使去了，我不忍与那红红的眼眶对望。

心里清楚明白地知道，不久之后，我也将如同隔壁那位女士，与自己心爱的小娃永远分离，因为它也同样是淋巴瘤。

请 Leslie 问问娃娃有没有什么地方不舒服，有没有特别想去哪里。

"就是心脏不舒服啊，胸口闷闷的，好累，没有力气！"

"不会特别想去什么地方啊，在这里就很好了啊！"

结论：小娃，果真是个没有什么愿望的小孩啊！

请 Leslie 再帮忙问问：小娃为什么不喜欢哈士奇？因为印象中，我不记得它和哈士奇有什么不好的经历。

小娃的回答出乎我意料之外：

"我不喜欢哈士奇，因为宾狗哥哥告诉我，它被哈士奇欺负过，所以我也不喜欢哈士奇！"

妈妈一听，实在觉得太好笑了：这位小姐，你也未免太鸡婆管太多了吧！

宾狗幼年期曾经被 Kiki 咬过，可能它把这段经历跟娃娃说了，也连带让娃娃不喜欢哈士奇，每次见到哈士奇都非常非常激动。

妈妈："你为什么现在都不亲妈咪了？"

娃娃："哎哟，你亲我就好了啊！我喜欢你亲我啊！"难怪这小孩现在都把脸凑过来要我亲。

那，有什么特别想吃的吗？

娃娃："不要，我现在就是不想吃东西。不要去医院，不要吃东西。"

妈妈："不行，一定得要吃东西，不吃东西怎么行？"

娃娃："那，我只多吃一点点就好，只多吃一点点哦！"

妈妈："一点点是多少？"

娃娃："就是一点点啊！"

连 Leslie 都听不下去了，这孩子很撒娇任性！

妈妈每天准备鸡肉、羊肉、牛肉和鲑鱼四种不同的鲜食，但是这小妮子时吃时不吃，真的令妈妈伤透脑筋。

娃娃还说："宾狗哥哥有回来过一次哦……我看到哥哥从门口进来，然后就又走了。"

"那很好啊，妈妈也放心了！"

输血的速度加快了，变成一秒一滴。

500ml 的血，从早上 11 点多开始捐输，到晚上快 8 点才输完，结束后再做一次血检，血容积比从 13% 回升到 19%，虽是数值依旧不是那么好，至少暂时可以放心。

去医院前，为小娃准备了羊肉嚼片零食、一罐温水。午餐和晚餐，小娃都吃医院里贩卖的幼犬营养罐头，小妮子越来越返老还童，因为幼犬罐头蛋白质含量比较高，而且非常香，小娃爱不释"口"，食欲大增，连医生都笑说，真是不可思议。

妈妈索性买了 12 罐和两块巴夫鲜食，另外也买了高单位的营养补给品，希望能帮助它的造血功能再度启动。

排骨桑跟我都觉得，只要有一丝希望，我们就不要放弃，要是这次的状况不好，我们也会希望让它快乐地度过这段时间，不会再进行任何治疗（其实……根本什么治疗都还没做……因为开刀的恢复期过后，血检的结果就一直不好……），万一这次造血功能依旧不乐观，就采取安宁治疗伴它走完最后的一段。

输完血后的小娃眼睛发亮，精神很好，看到隔壁结扎完的猫还想去追，完全不像病人哪！

回家后，它狼吞虎咽吃完一大碗食物不说，还喝了一整瓶安素（高单位营养品）。

折腾了一天，我们抱小娃上床，安顿好它，为它盖上一条毛巾被。

这小女儿，从 3 岁开始，就跟我们一起睡。每天不但最早睡，还要睡我们中间，在它身体比较不舒服的时候，我每晚不知道醒来多少次，察看它的状况。

Leslie 问它："晚上睡觉会不会冷？"

它回答："不会啊，很温暖。"

我笑了，紧紧抱住我的小娃，亲亲它的额头——因为你是我的小宝贝。

是的，正如我的好朋友所说，我的确爱它比爱我自己多。

我不止一次祈祷：神啊，请再多给我一点时间，我不知道自己还能守护它多久，但我知道，我会尽最大的气力，爱它，照顾它，包容它的小小任性，直到它与我们分离的那一天为止，这样我才能安心，责任才算完了。

From Leslie：

我跟 Cecilia 是认识的，所以也认识宾狗与小娃，我都是直接到她家做客，充当传递心声的桥梁。

那天跟小娃聊完后，Cecilia 开车送我回家，路途上偶有塞车，我们走走停停，花了比平常多的时间在车内聊天，一下聊小娃的可爱任性，一下聊最近都给小娃做什么料理，这一搭那一搭地胡聊。

不知怎么了，一个红灯空当，像想到什么似的，她忽然用极其温柔的语气和我说："你不要看我那么那么那么爱小娃，其实我内心已经作好最坏的打算了。"

我沉默着没说话。

因为我知道她说出这句话有多坚毅，知道这句话听起来有多温柔，她心里就有多悲痛。

当我们决定与毛小孩生活，开启与它同喜同悲的日子时，命运也正开始无情地倒数着我们要送它离开的时间。

曾经看过一句话说："我们最难过的就是，发现即使自己拼尽了全力，也无法阻止世界伤害他。"虽然台词是描写父母对子女的爱，但我想，这也恰好说明了我们照顾晚年毛小孩时的心情。

当最后的时刻来临时，该作什么决定，每个人心中都有一把尺。

一切只求尽力，没有遗憾。

（本篇由猫儿 Cecilia 撰写，并获同意刊出。）

享受一起的生活

这几天我都和 Q 比一起待在家里。

天气太热，所以不想出门，我们一起待在家里，我看韩剧、日剧，它玩玩具（或逼我陪它玩玩具）。玩累了，我们会倒在沙发上一起睡。

冰箱存粮很够，所以不用出门采买。

Q 比吃鲜食，我经常把它的鲜食煮好后再独立出一个便当，作为我的部分存粮。

要吃时，加热并加盐调味或是混点酱料就很好吃。先别紧张，虽然听起来很像神经病，但实在是因为我帮 Q 比准备的菜色都非常丰盛。

例如，花椰菜胡萝卜炒绞肉、西红柿蛋炒糙米饭、西红柿猪肉片混南瓜泥、彩椒热炒牛肉丝，这些都是常有菜色。

我对 Q 比好，也是对我自己好，因为我们是一体的。

那几天，我跟 Q 比在一样的空间，吃一样的食物，喝一样的水，呼吸一样的空气，享受一样的呼吸频率。

这段日子里，我跟 Q 比的身体可能有百分之七八十的组成成分是一样的，没办法，我们呼吸一样的空气，吃一样的食物，喝一样的水呀。

这种各方面都一样的同构型，不知道为什么，让我安心。

未来我跟 Q 比都必然会走向衰败，不，也许已经开始了也说不定，拥有彼此的日子也许并没有想象中的多。

曾听过宠物医疗讲座，讲师说："毛小孩的寿命比我们想象中的要短，所以不要跟它们呕气，因为那太不值得了。"

　　我聊过的猫的照护人，含着眼泪跟我说："因为它的肾指数过高，所以要好好控制它的蛋白质摄取量，我知道它想吃的罐头是哪个，但实在不能给。"

　　也有聊过的狗照护人不舍地跟我说："它走得太突然，我曾经答应它要接它过来跟我一起到新家住，可是它却没有给我实现的机会。"

　　很多舍不得跟猝然跟遗憾的故事，我听过太多太多，所以我决定，要让我跟 Q 比在还能享受的时候，尽情享受。

拉查花，可以聊天吗？

　　《白雪公主杀人事件》是日本名作家凑佳苗的作品，是本非常精彩的推理小说（亦有翻拍成电影），利用各个角色对嫌疑犯的描述作为叙述案件的方式，去拼凑出完整的剧情以及读者对嫌疑犯的认知。

　　随着记者因为要做电视节目，而一一循线去采访嫌疑犯的工作同事、暧昧对象、高中同学、幼时玩伴、父母，嫌疑犯的面貌仿佛因此完整却又仿佛破碎，拼不出全貌，因为被访问对象对嫌疑犯的主观立场不同，所以讲出的嫌疑犯形象也各有极大差异。

　　是有点蒙太奇的拼贴概念，而台词中有一句让我记忆深刻："人的记忆是会被修改塑造的，只会保留对自己无害的。"

　　唉，讲得有点严肃，可是看完这部电影没多久，就来到我与可爱三猫拉查花的约会聊天时间，后续的剧情发展，让我觉得，嗯，很有这部电影的侦查色彩。（悬疑音乐响起。）

　　拉查花是由白底虎斑长毛猫查理、黑白长毛猫拉拉、三花猫花花组成的谐星团体。照护人在粉丝团发表各种以"拉查花"为灵感的创作，可爱又让人会心一笑。也算是我这个小粉丝公器私用，以朝圣的心态和照护人约家访，一偿我想要亲手揉摸三喵的宿愿。

　　这次除了聊些吃喝拉撒的日常事外，其实还想要调停拉拉跟花花日常爱调戏查理阿公的行为。

　　"其实平常生活都很好，没有特别严重的事情要沟通，只是花花很爱监视查理，查理到哪里它就会跟在旁边看。拉拉就很爱去弄查理，搞得查理很生气。所以查理虽然大部分时候都算自在，但有时候还是会躲在沙发下面之类的角落，想回避它们两个'恶魔党'，我希望可以跟花花还有拉拉说不要那么爱去弄查理！"照护人大概叙述了家里三猫目前的相处情况。

以下，我就用记者采访嫌疑犯的方式，记录这场对话。

案件编号：804G 霸凌事件
案件名称：拉拉、花花霸凌查理

嫌疑犯 1 号口供：花花篇

什么监视查理啊，我哪有监视查理？因为它平常都很爱自己躲起来，所以难得看到它我就很好奇啊，想去看它在干吗。

而且查理好爱生气哦，明明没对它怎样，我只是经过它而已，又没干吗，这样它也要生气。

我跟你说，我平常跟我"麻麻"最好，我最黏"麻麻"，再来才是拉拉。拉拉都会跟我一起玩追来追去，好棒哦。

啊，什么那查理呢？查理都躲起来啊，平常都看不到查理。

还有啊，查理很讨厌跟我们一起挤，天气冷的时候就我跟拉拉才会窝在一起睡觉。

　　哦，对啊，很久以前我"麻麻"也有找过其他大姐姐（三年前照护人有找过别的沟通师服务）来跟我聊天，可是我不记得说过什么了，哎哟，忘了啦，我真的忘了啦，好像有问我爱不爱"麻麻"，其他我忘记了啦。

　　好啦，如果"麻麻"喜欢的话，那我就尽量不弄查理。可是是因为"麻麻"喜欢哦，我想让"麻麻"开心。什么？可以当没看到吗？怎么可能啊！查理那么大我怎么可能没看到它！我会尽量不去弄查理啦，如果这样"麻麻"会高兴的话。

嫌疑犯 2 号口供：拉拉篇

　　我现在很少弄查理了好不好，而且以前查理咬我也很痛啊！对啦，是很久以前，可是真的就有啊！

　　那花花也会弄查理，你为什么不去骂它要来骂我？

　　什么，我为什么那么爱弄查理？就很好玩啊，我不弄它要干吗？我会很无聊啊！看查理被我逼到墙角鬼叫就很开心哦，这样很好玩。

　　还有，有时候我根本只是经过查理，查理就对我"哼哼哼"地叫，我本来没想打它的，看它这样我就想打它。

你一直找我讲查理，我不想讨论这个了啦！（跳走，跑去吃干干。）

（冷场一阵，终于呷霸愿意回来现场。）

我其实比较爱吃以前那个三角形的干干（是之前喂的其他牌子的猫粮，现在换比较适合拉拉年纪的），还有一种像干干的长方形零食，那个也很美味，但我很久没吃了。

真的吗？会多给我吃，只要我不弄查理？好啦，以后"麻麻"看得到的话我就不弄它。（敷衍口吻。）

记者现场笔记

根据花花的口供，它似乎对查理没有恶意，只是喜欢跟着观察。

拉拉的口供则显示它的确对查理有挑衅欺负的心态，还加码提起800年前的年幼往事，试图为自己开脱：我只是以牙还牙。

记者主观感受认为，花花跟拉拉都有尝试为自己脱罪的嫌疑，花花轻描淡写，拉拉抬出往事，强调自己的霸凌动机。

最后，两个嫌疑犯都共同提到一件事——查理阿公很爱生气，只是经过也会生气。

但记者推测查理阿公会这样做，应该是因为长期被两个"恶魔觉"恶整的后遗症，担心经过就会被整，所以养成先发制人的习惯。

查理本身怎么看待拉拉和花花，那就得继续往下看查理的口供了。

当事者口供：查理篇

你问我对花花的感觉喔？不喜欢啊！花花有时候会钻到沙发下面来刻意弄我，这时候我会超气，我觉得我都躲到这里了，你还弄我干吗？不能放过我吗？我整个会气炸。

记者：花花刚刚有答应说它以后不会弄你。

拜托！它上次也跟另一个姐姐这样说，我才不相信它！

照护人：对，上次花花真的有跟另一位沟通师承诺，天啊，没想到花花完全忘记，记得的竟然是查理。

（查理沉默一阵消化情绪。）

而且比起花花我更讨厌拉拉，因为我知道花花是找我玩，但我跟拉拉常常会变成真的打起来，那种咬跟抓会痛，我不喜欢，我会真的很气很气很生气。它们两个真的太讨厌了。

还有刚刚我听到花花说最爱"麻麻"，最爱"麻麻"的是我好不好！可不可以晚上只有我进房间上床跟"麻麻"睡？通常我都会先上床，可是后来花花就会跳上床来跟我抢，我根本懒得跟她抢，然后我就会下去。再来拉拉也会上来，它喜欢睡床尾和床边边。

很讨厌耶，我希望"麻麻"是我的，我不想跟它们分，我想要晚上只有我跟我"麻麻"一起睡在床上。

好了啦，我不想讲了。

（说完它往沙发里面转，整个背对我，完全静音结束对话。）

记者现场笔记

听完查理阿公（被害人）的描述，我完全觉得拉拉跟花花刚刚在忽悠我啊！花花说什么自己只是好奇跟过去看看，明明整只猫都跟到沙发下面去挑衅别人！

拉拉说什么自己只是经过查理它也爱生气，明明自己都把别人咬到痛！

我完全盖章认证电影《白雪公主杀人事件》中的台词："人只会保留对自己有利的记忆。"而且我还要加码补充，不只是人，猫也是！拉拉和花花就是完全避重就轻啊！

但既然拉拉和花花都有给出（我觉得敷衍）的承诺，花花说为了

"麻麻"开心可以不去弄查理，拉拉说"麻麻"如果会看到的话就不去弄查理，既然都有给出承诺了，也许应该给它们点时间观察看看会不会好转。

结果，你们说呢？以下是照护人的口供。

照护人口供

结果这阵子，坦白说，拉拉跟花花没有改善……

我想真的像花花说的一样，它觉得那不是监视吧，像它说的它只是好奇。拉拉也是一样，时不时地就会去找查理。

之前曾找别的沟通师来，说的也差不多，承诺的也一样，结果三年后依旧本性不改。（苦笑。）

唉，我想没关系啦，既然查理说它最爱的是我，那我多陪查理就好。

▶结　案◀

拉拉有花花，花花有拉拉，但查理获得"麻麻"更多的关注和爱，也算是另一种 happy ending 吧。

查理阿公，对不起，我没能帮助你打倒"恶魔党"，还有，你真是先知先见，你不相信花花是对的，事实证明，花花真的只是随便讲讲，敷衍说说而已啊！（泪奔。）

▶ 给查理粉丝的附注 ◀

平常生活其实没有打得那么严重，这些霸凌事件还算是正常范围内的家庭猫咪打闹。当天我前去的时候，查理阿公还是有自在地出来吃饭，到窗台晒太阳。照护人只是希望可以尽量地让查理阿公更开心地生活，所以有这样的沟通诉求，请查理阿公的粉丝不用过度紧张担忧哦！

▶ 其他沟通的有趣花絮 ◀

花花："我'麻麻'之前都会把手伸进我嘴巴，超不舒服的，还好她现在不会这样了。"

照护人："就刷牙啊，它很讨厌刷牙我知道。"

我："那花花你身体会不会哪里不舒服？"

花花："哦……就我这边牙齿上面有一点刺……没事啦，我没事，你不要跟我'麻麻'说哦。"

我："花花刚刚说……（完全据实以告），它还要我不要跟你说。"（花花，对不起，我出卖你了。）

照护人："是怕我带它去看医生吧，哈。花花牙齿不好，之前还拔过牙，我会再带它去检查。"

照护人："那花花吃饭可不可以嚼一下啊？它常常吃完饭会吐，吐的都是完整的猫粮，都没咬。"

我："花花你要咬一下干干再吃下去啊！"

花花："有啊，我都有咬啊！"

我："花花坚持它有咬。"

照护人："哪有，它真的吐出来的都是很完整的饲料，原封不动。"

我："花花你'麻麻'说你都没咬。"

花花："我明明就有咬！"

（各说各话一阵乱吵。）

我："好，我决定就是你们都是对的，花花有咬只是没咬好，那可能是牙齿不好的关系，所以咬几下就不咬了，所以吐出来是完整的干干，你们都是对的，你们都别吵了。"（公道婆模式 ON。）

以下摘自拉查花粉丝专页

◣ 查理篇 ◢

Leslie："记得以前流浪的时候吗？"

查理："哦，那时候我很饿很饿。"

麻："流浪的时候都没有吃东西吗？"

查理："有时候会有人放在路边的干干可以吃。"

麻："有被人或猫欺负吗？"

查理："有被其他猫追，我就尽量避开它们。"

Leslie："应该是地盘的关系。"

查理："后来走路走一走遇到'麻麻'，'麻麻'就把我带回家。"

麻："不是查理自己来找我们的吗？"

查理："没有啊，就走一走被'麻麻'带走。"

原来"麻麻"记忆里罗曼蒂克的相遇居然是个误会啊！

◣ 花花篇 ◢

花："我喜欢躺在这里（指绘图板正中间），可是'麻麻'都会用力把我推走。"（向 Leslie 告状。）

麻："是抱走吧！"

花："是推走！很——用——力！"

麻："花你很夸张啊！"

又是一阵乱吵，然后 Leslie 一直在当和事佬。

◢拉拉篇◣

拉拉："我跟花花比较好，花花会跟我玩，我有时候会舔它，可是它不会舔我，我想要它也舔我……"

Leslie："那你可以跟它说啊！"

拉拉："……我说过了……可是它不要……"

与 Leslie 对看，不知该如何安慰……

因为之前"麻麻"帮花花洗澡，结果拉拉叫得比当事花还惨，所以问了一下……

Leslie："为什么'麻麻'帮花花洗澡你要一直叫？"

拉拉："花花好可怜，可以放过它吗？"

Leslie："它们感觉是一搭一唱的，像是花花说'放——开——我！'拉拉就说'放——开——它！'"

哈哈哈哈，太感人了吧！

黄阿玛，可以聊天吗？

我一直都是黄阿玛的小小粉丝，总在电脑前看着黄阿玛的视频笑歪。一次因为其他的采访工作，所以得幸去阿玛宫殿朝圣，看到阿玛后，小粉丝内心雀跃不已，之后才有机会跟两位猫奴——狸猫与志铭约下次动物沟通的时间。

当天其实与后宫所有猫咪都有聊过一轮，但篇幅所限，还是主要锁定在分享与黄阿玛的沟通记录。

▼关于浣肠◢

我："嗨，阿玛，可以跟你聊天吗？"

阿玛："你要干吗？"

我："就想跟你聊聊啊！你们家新来了一只猫浣肠，你喜欢它吗？"

阿玛："我觉得它超烦的，会一直不断来弄我，还好有柚子搞定它，我们家就是柚子负责陪它玩。"

狸猫："可是阿玛你明明就会打浣肠。"

阿玛："因为我实在被烦到受不了了只好揍它啊，浣肠太烦了，如果它来弄我最好装没看到它，这样子它才不会没完没了；如果浣肠一找我就响应它，它会很烦的，会觉得我要跟它玩，但我才不要。"

　　阿玛："他们（指猫奴们）之前也有带一只像浣肠一样的小猫来家里住，后来那只猫就走了，跟他们说不要再搞小猫来家里了，烦啊！"

　　狸猫："对……我们之前其实有收过一只还没开眼的奶猫回家照顾，只是阿玛说后来那只猫离开了家里，其实是因为它真的走了……唉……"

一直在叫是什么意思？

　　我："阿玛，我常常听到你在叫哦，你叫都是什么意思啊？"

　　阿玛："我就有时候讨厌他们摸我啊，一直摸一直摸，我叫就是说'不要再摸了啦！很烦哦！'可是有时候他们都不听，还是一直摸一直摸，要摸到我跳走才停止。而且他们很爱挑我肚子戳，一直玩我肚子，很烦！"

　　我："那阿玛你干吗不一开始就走开？"

　　阿玛："我懒得动啊！"

　　我："所以阿玛你讨厌被人摸吗？"

　　阿玛："他们两个（指狸猫跟志铭）还可以啦，但我不喜欢被陌生人摸，很烦哦。"（我觉得"很烦"根本就是阿玛的口头禅。）

　　我："那阿玛他们有时候会带你到一些奇怪的地方（指摄影棚），

你会讨厌去这些地方吗？"

阿玛："我是觉得出门很烦，但还可以接受。我觉得最恐怖的外出经验就是有一次他们带三脚跟我一起出门！"

我："为什么？那次有什么人对你怎样吗？"

阿玛："不是啊，三脚散发出好严重好恐怖的紧张的气息，搞得我也跟着莫名紧张，那种紧张的感觉好像要发生什么事情，可是明明就没什么啊，我被搞得很紧张还想说，这到底有什么好怕的啦，你在怕什么啦，烦！"（又来了，又嫌烦。）

对其他猫的感觉？

我："那阿玛你对家里其他猫的感觉是？"

阿玛："我最喜欢最喜欢的就是招弟，我觉得它很棒！其他猫我觉得都一样。"

我："真的吗？你没有特别讨厌谁吗？"

阿玛："嗯……我比较喜欢找噜噜打架。我有时候就想打别的猫，也没有什么原因，就想打想玩啊！"（阿玛你根本就是胖虎……）

阿玛："可是有时候很想打噜噜，他们（指志铭跟狸猫）都会管很多盯很紧，我就会再揍别的猫。"

我："那你干吗喜欢针对噜噜？"

阿玛："就习惯了啊！我最常打架的对象就是噜噜、柚子还有三脚。有的时候也想找 Socles，但是 Socles 根本打不到！它看到我过去就会躲开了，根本摸不到它。"

我："那阿玛你不要找噜噜麻烦好不好？"

阿玛："那我生活没有什么可以玩的了啊！"

谈判破裂。

来到这个家以前的生活？

我："阿玛你记得来到这个家以前的生活吗？"

阿玛："我以前有在别的家生活过，就是回他们家吃饭但我可以在外面走动（应该是放养的形式），只是后来在外面生活，然后才到这个家。"

我："那之前那个家对你好吗？"

阿玛："如果我咬人或抓人，他们会用手打我的脸，我很讨厌那样。"

我："那你现在在这个家，开心吗？"

阿玛："很开心哦，有很多好吃的，可是我还是常常有点饿。"

喜欢吃的食物

我："那阿玛你喜欢吃什么？"

阿玛："我喜欢一种粉红色的肉（看起来像是鲑鱼或鲔鱼副食罐头）。猫粮的话都可以，但我特别喜欢一种圆圆的中间有洞的猫粮，但好久没吃到了，那个真美味，我好喜欢哦。"

我："还有什么吗？"

阿玛："鱼干！我超爱吃鱼干。可是你叫他（指狸猫）不要把鱼干掰成两半好不好！我就超想吃了，还在那边慢吞吞地掰成两半干吗啦，我很急哦！"

狸猫："那是因为有些小鱼干很大条……我怕阿玛噎到驾崩，所以才先帮它掰开……"（冤枉委屈口吻。）

记得灰胖吗？

我："阿玛你记得这个笼子以前还有谁在里面生活吗？"（指指旁边的笼子。）

阿玛："你是说一只三花的母猫吗？它好漂亮哦，我很喜欢它！"

狸猫&志铭："完全不知道阿玛说什么。"

努力拼凑一阵，5分钟后。

狸猫："阿玛是说这只吗？"

边说着他边递手机给我，手机屏幕上是一只很美的三花流浪猫。

我："对，就是这只，它谁啊？"

狸猫："其实是用运输笼带阿玛出门时曾碰到过几次的路边三花流浪猫小花，所以可能阿玛误会我们的问题了，以为是'它关在笼子里面时看过的动物'。"

志铭："可以帮我问问看阿玛记不记得这只兔子？它叫灰胖，以前跟阿玛一起生活过，住在这个笼子里。可以帮我问阿玛是不是记得它吗？"

阿玛："我不记得啊，这谁啊！我不知道啦，不要问我。"

我："阿玛，你再认真看一下，你们一起生活过哦。"

阿玛："我不知道啦，灰胖在家里走的时候我很难过，我不想谈！"

我："阿玛说它不想谈……"

志铭："那时候狸猫不在工作室一阵子，所以都是我住工作室照顾阿玛跟灰胖，那时候工作室也只有它们两只动物。有一天晚上我刚进门，阿玛就一直叫一直叫，我想阿玛怎么了，才看到灰胖倒在笼子里。"

阿玛（突然给我看灰胖站起来打它的画面）："灰胖会打我哦，它有时候很凶，会站起来打我，还会踩脚。但是后来，它都会跑来我

特别×收录

面前，然后我就会追它，很好玩。"

狸猫："对！灰胖真的会打阿玛，那就是它们玩的方式……"

我："阿玛，灰胖离开，是不舒服一阵子还是突然离开的？"

阿玛："是突然的啊，它突然就走了。"

狸猫＆志铭："那时候真的是毫无预警毫无预兆，那天晚上立刻送灰胖去急救，可是灰胖就走了……"

我想灰胖是阿玛心中不想多谈及的伤痛回忆，所以后来我们也就聊别的话题，带开了。

心中的自己

我："阿玛你觉得你自己是怎么样的猫？"

阿玛："我觉得自己很棒，他们都边摸我边说：'阿玛是好棒的猫，阿玛好棒！'"

我："那你会觉得自己很胖吗？"

阿玛："我不觉得自己胖啊，我最讨厌他们边摸跟捏我的肚子，边说'阿玛你要减肥咯'，真的很烦哦！"

阿玛的部分大约到这里告一个段落，其他六只猫在这里也简单记录一下。在此也感谢猫奴——狸猫跟志铭提供笔记。

◤招弟◢

对阿玛的想法

我最喜欢阿玛舔我了，整个家里我最喜欢的就是阿玛。可是不知道为什么，阿玛已经很久没有舔我帮我梳毛了，有点难过。（我转头问阿玛，阿玛说招弟长大了，不需要照顾了。）

对浣肠的想法

我觉得浣肠咬得超痛的！我好几次被它咬得很痛！还好有柚子帮忙照顾浣肠，这样我就不用照顾浣肠了。柚子把它照顾得挺好的！

◤噜噜◢

对阿玛的想法

我最喜欢黏着人，不喜欢猫，我刚来这个家的时候，觉得这个家好多猫，好恐怖，但现在就觉得习惯了也没什么。

只是阿玛真的很恐怖，它常常会突然暴冲到我面前，突然停住吓我，然后对我吼叫，很恐怖啊，为什么阿玛要这样突然来骂我？

而且啊（很显然提到阿玛怨气很多），我很羡慕阿玛，为什么常常只有阿玛可以进去那个房间（办公室）？

不能进去的房间

噜噜："人都在那个房间，我也想进去那个房间，可是我进去没多久一定会被他们抱出去，我也想待在那里啊！"

狸猫："因为你很喜欢咬塑料袋，你每次咬塑料袋我就会很紧张，很神经兮兮地想你在干吗，会不会吃塑料袋，搞得我没办法好好工作。"

噜噜："那就不要管我就好了啊，你们可以去忙，我咬我的塑料袋就好。"

狸猫："我们真的很怕你吃下去，所以想要进来就不可以咬塑料袋，只能乖乖待在我们旁边。"

噜噜："好啦，如果不咬塑料袋就可以进去，我会改。"

其他列点（感谢猫奴狸猫提供笔记）

● 觉得自己小时候就来后宫了。（大误。）

● 觉得左边后面的牙齿不太舒服。（之前我们帮它刷牙时发现那边真的有牙结石。）

● 常常觉得饿，尤其有时候半夜会被饿醒，想吃更多。

● 有时会跟柚子玩，有时也觉得它有点烦。

● 被沟通师称赞很可爱时，表示自己很惊讶被称赞，觉得通常没有人会说它可爱。（健忘个性再度发作。）

● 觉得自己现在剪指甲进步很多，认为自己很努力在忍耐着这件事。（明明前一天剪指甲还像要被杀死一样……）

● 对浣肠的想法是：它年纪太小了，等它长大再说吧！

● 有时候会在软软的地方（沙发）尿尿，因为觉得很舒服。（跟它说它这样子我们会清理得很痛苦，就会心情不好，就会忘记要喂它吃饭之后，噜噜表示，那它以后会改进。）

● 有时候被摸一摸就会想咬人，因为觉得喜欢。（像是接吻的概念。）

▼关于 Socles ◢

对这个家的感觉

我住在这个家的时间，比我待在之前那个家的时间还要久。

刚来这个家的时候我简直要被吓死了，怎么会那么多猫！我很喜欢人，可是对其他猫总有点怕怕的，它们都好凶，我很怕跟它们太好的话以后一定会打架，而且打架的话，我一定会输，所以干脆不要跟它们走得太近。（未雨绸缪的概念。）

对后宫吃饭的想法

我："为什么放饭的时候，有时候你明明很饿却还是掉头就走，不跟大家一起吃？是怕饭被抢吗？"

Socles："不是！它们吃饭的时候都好吵好恐怖，而且三脚会一直打猫、吼猫，随时都要打起来的感觉真是太恐怖了，所以即使很饿我也不想加入它们，好怕自己也被打到。"

Socles给我的感觉，就像是去小吃店吃饭，遇到旁边有人在斗殴，虽然不关自己的事，但是谁还吃得下去呢？

其他列点

● 最近常在角落观察浣肠跟大家的互动，觉得有趣。

● 觉得自己很美，因为别人都说它很美。（表示开心。）

三脚

关于受伤的前脚

我的脚，是忽然间被好大的怪物夹断的！那时候真的很恐怖，我一点都不想回想。（推测是捕兽夹。）

只是已经很久了，我现在不会觉得有哪里不方便，也习惯了。

对家中其他猫的感觉

我最喜欢阿玛了，我喜欢靠在阿玛旁边，跟阿玛一起睡的感觉。尤其是冷冷的时候，靠在阿玛旁边睡觉真的很舒服。我最讨厌的猫就是噜噜，看到它就好想打它！

为何吃饭一直叫？

我很饿，很想吃呀！想要叫它们统统都走开！不要在我旁边绕来绕去的，看了很讨厌哦！

柚子

对浣肠的想法

我非常非常非常喜欢浣肠！我太开心它来这个家了，终于有猫愿意陪我玩了，之前都只能找阿玛或是噜噜玩，可是它们常常不理我，现在有浣肠陪我玩真是太好了，我可以每天都跟它一直玩……

尿尿不要抬屁股好吗？

我："你尿尿会抬屁股尿到盆外，可以屁股不要抬那么高吗？"

柚子："我就是很怕尿到自己的脚啊，所以才抬高一点，这样才不会尿到。"

一番努力周旋后……

柚子："我就是很怕尿到自己脚啊，不然以后你们看到我尿尿的时候可以提醒我一下。"（觉得它根本是在敷衍。）

浣肠

年纪太小无法沟通。

建议毛小孩半岁以上再沟通比较适合。